Die Träume vom Meggima-See

Märchenroman

Gudrun Leyendecker

1.Auflage 2025

Umschlaggestaltung BoD

© 2025 Gudrun Leyendecker

Verlag: BoD · Books on Demand GmbH,

Überseering 33, 22297 Hamburg, bod@bod.de

Druck: Libri Plureos GmbH, Friedensallee 273,

22763 Hamburg

ISBN: 978-3-8192-6708-6

Gudrun Leyendecker ist seit 1995 Buchautorin. Sie wurde 1948 in Bonn geboren.

Siehe Wikipedia.

Sie veröffentlichte bisher über 110 Bücher, unter anderem Sachbücher, Kriminalromane, Liebesromane, und Satire. Leyendecker schreibt auch als Ghostwriterin für namhafte Regisseure. Sie ist Mitglied in schriftstellerischen Verbänden und in einem italienischen Kulturverein. Erfahrungen für ihre Tätigkeit sammelte sie auch in ihrer Jahrzehntelangen Tätigkeit als Lebensberaterin.

Inhaltsangabe

Unweit des Ortes Mühlwald im Norden Italiens liegt der Meggima-See, der umgeben ist von saftig grünen Almwiesen, dunklen, aromatisch duftenden Nadelbäumen. Von seinem Ufer aus hat man einen zauberhaften Blick auf die nördlichen Zillertaler Alpen. Dort, überall in den Bergen, besonders auch in den Dolomiten, erzählt man sich Sagen und Geschichten von Zwergen, Kobolden, Feen und verborgenen Königreichen, die häufig für Menschen unsichtbar sind. Lena und Laura haben davon gehört und machen sich auf die Suche nach dieser Zauberwelt, die jedoch nicht nur märchenhafte Begegnungen, sondern auch gefährliche Abenteuer zu bieten hat.

Die Träume vom Meggima-See

Märchenroman

Gudrun Leyendecker

Kapitel 1

Lena lässt ihren Blick über die glatte Oberfläche des Meggima-Sees gleiten, in dem sich das Panorama spiegelt. „Ist es nicht seltsam, dass sich die Alpen darin so abzeichnen, als gäbe es sie noch einmal in einer zweiten, ganz sonderbaren Welt?!"

Laura betrachtet die Nordwand der Zillertaler Alpen. „Hier in den Bergen wundert es mich gar nicht. In diesen Gegenden gibt es viele zauberhafte Wesen und Welten. Wir sind hier gar nicht weit weg vom Rosengarten und König Laurins Reich. Auch hier im Mühlwalder Tal gibt es zahlreiche Sagen und Mythen. Hier soll schon die Hexe Nüssli auf ihrem Ziegenbock geritten sein. Hast du dich schon einmal informiert, mit wem wir es hier außerdem noch zu tun haben?"

Nicht weit von hier, in den Trentiner Alpen lebt der Drache Polka in den

Höhlen, er ist sehr freundlich, und man muss ihn nicht fürchten, doch hier, links und rechts in den Bergkämmen am Mühlwalder Bach, wohnt der König Novo mit seinen guten und bösen Feen und zarten, flinken Elfen. In den Gesteinshöhlen dagegen lebt die Königin Galina mit teils gefährlichen und teils hilfsbereiten Kobolden. Novo und Galina werden sich einfach nicht einig, wer auf die linke und wer auf die rechte Seite des Baches ziehen soll."

„Und warum nicht?" erkundigt sich Laura.

„Eigentlich gehört beiden dieses Gebiet nicht, und der König und Königin haben nur ein Wohnrecht, denn die Kaiserin Zara ist die Regentin dieses Alpentales."

„Und warum regiert sie hier nicht?"

„Sie wurde vor vielen Jahren in eine Gams verzaubert und lebt jetzt dort oben an der Baumgrenze, wo die wilden Rosen wachsen."

„Das klingt ja geheimnisvoll", findet Laura. „Wer hat sie verzaubert, und vor allen Dingen, warum?"

„Sie hat die Wege zu den Gletschern oben sperren lassen, auch dort, wo die Touristen klettern und im Winter Ski fahren. Das passte vielen Menschen hier nicht, die mit dem Tourismus ihr Geld verdienen, und sie haben sich zusammengetan und den Drachen Rauputz bestochen, damit er Kaiserin Zara das Handwerk legt. Seitdem gehen die Bergwanderer und Wintersportler dort oben wieder ein und aus."

„Und warum wollte Zara verbieten, dass die Menschen hier Urlaub machen?" möchte Laura wissen.

„Wegen der Umweltverschmutzung und natürlich auch zum Schutz der Gletscher, das ist doch ganz klar", erwidert Lena.

Die Freundin hebt die Augenbrauen und schüttelt leicht den Kopf. „Aber die

Berge sind doch groß, die Alpen sind ein riesiges Gebiet, da fallen doch ein paar Wanderer nicht auf."

„Im Sommer sind es manchmal große Touristenströme, die auf den breiten Wegen die drei Zinnen oder andere Berg-Massive umrunden. Und wenn der Schnee und die Gletscher oben auf den Gipfeln mit Tüchern zugedeckt werden, um das Abschmelzen zu verhindern, dann können sich die Skifahrer dort oben nicht austoben."

„Das ist ein schwieriges Thema", findet Laura. „Wie will man da beiden Seiten gerecht werden?!"

„Darüber rätseln hier einige Leute im Tal, denn sie möchten beides, die Umwelt schützen und doch auch von den Einnahmen des Tourismus leben."

Laura seufzt. „Diese Gegend ist so traumhaft schön. Ich hätte gar nicht gedacht, dass es hier solche Probleme gibt. Ich würde zu gern einmal mit dem

König Novo und der Königin Galina reden. Ich habe das Gefühl, dass man einen Kompromiss finden kann."

Lena sieht die Freundin erwartungsvoll an. „Für was genau?"

„Die Streitereien zwischen König Novo und der Königin Galina müsste man doch beilegen können. Dieses schöne Tal ist doch wohl groß genug, um zusammen hier in Frieden leben zu können. Und auch für die Kaiserin Zara müsste eine Erlösung möglich sein, wenn man mit der Person redet, die die Verzauberung angeordnet hat."

„Da hast du viel vor", antwortet die Freundin schmunzelnd. „Das hört sich ja beinahe so an, als wolltest du den Weltfrieden retten. Es ist schon schwierig, zwei Menschen, die sich streiten, wieder zu versöhnen. Aber bei diesen Zauberwesen scheint es mir noch viel schwerer zu sein. Vermutlich wird keiner von allen damit einverstanden sein, und du sitzt dann in der Klemme."

Laura seufzt. „Ich möchte es zu gern einmal versuchen. Dieses idyllische Tal verlangt doch geradezu nach einem Frieden in der Natur mit all seinen Lebewesen. Wollen wir es nicht wenigstens einmal probieren?"

Lena sieht ihre Freundin skeptisch an. „Wir müssten erst einmal Marisa fragen, wie wir mit den Zauberwesen Kontakt knüpfen können. Ich habe gehört, dass es zu den Höhlen verschiedene Eingänge gibt, aber hier, auch am See, sollen häufig die Elfen der Königin Galina herumschwirren."

„Wer ist denn diese Marisa?"

„Die alte Frau, die uns neulich angesprochen hat. Sie lebt schon sehr lange hier. Manche Leute sagen, sie sei ein bisschen verrückt. Aber das sind nur die, die nur an das glauben, was man sehen und anfassen kann."

„Weißt du auch, wo sie wohnt?"

„Ja, das weiß ich schon. Sie lebt in einem kleinen alten Haus am Ende des Dorfes, ganz allein mit ihrer schwarzen Katze. Sie ist sehr freundlich und muss auch schon manchem Fremden hier geholfen haben."

„Das hört sich doch sehr gut an", findet Laura. „Worauf warten wir dann noch?"

„Weißt du auch ganz genau, was du da willst?! Unsere Aktion könnte gefährlich werden. Wenn König Novo uns nicht leiden kann, dann wird er sicher irgendeine böse Fee beauftragen, uns zu verzaubern, und die Königin Galina hat eine ganze Reihe von bösen Kobolden, die bestimmt auch nicht sehr genießbar sind."

„Wenn die alte Frau alles über Zauberwesen in diesem Tal weiß, dann kann sie uns bestimmt auch einen Rat geben, wie man sich bei den

Berggeistern verhält. Ich denke, das ist so ähnlich wie beim Rübezahl."

„Rübezahl? Wer ist denn das?" möchte Lena wissen.

„Er lebt im Riesengebirge und hat sich früher häufig mit Menschen beschäftigt. Nachdem er aber von ihnen sehr enttäuscht wurde, hat er sich wieder in sein Reich zurückgezogen. Er hat die bösen Menschen bestraft und den guten geholfen. Und er war sehr lustig. Bestimmt sind diese Berggeister hier ähnlich."

„Nein, das sind sie nicht alle", weiß die Freundin. „Großen Humor hatte nur die Kaiserin Zara, und den soll sie jetzt noch haben, wenn man sie hoch oben im Gebirge als Gams trifft."

Laura lächelt. „Das sind doch abenteuerliche Aussichten. Also, ich möchte hier keinen faulen Urlaub verbringen. Stattdessen habe ich vor, hier etwas zu bewegen."

„Ich hoffe, du weißt, was du tust“, antwortet Lena mahnend. „Hier in den Bergen ist es nie so gut, wenn man etwas bewegt, da kommt schnell ein Steinschlag oder eine Gerölllawine von oben. Manchmal löst sich ein Schneebrett, und auch die Gletscher können rutschen, von den Wasserfällen einmal ganz abzusehen.“

Laura atmet tief. „Es ist wundervoll hier! Allein diese würzige Bergluft, sie duftet, aber sie ist trotzdem leicht, und man fühlt sich frei. Komm! Wir wollen keine Zeit verlieren.“

*

Kapitel 2

Lena und Laura wandern um den stillen See herum und spazieren die wenig befahrene Straße hoch bis nach Mühlwald, dem kleinen Ort im oberen Teil des Mühlwalder Tales. Bäuerliche Anwesen und stilvolle Tiroler Häuser gruppieren sich malerisch auf einem grünen Hügel. Ein paar Meter höher schmückt sich die nächste Anhöhe mit einer weißen Kirche, die ein spitzes, rotes Dach trägt. Am Ende des Dorfes finden die beiden jungen Frauen die kleine Holzhütte, die sich in einem bunt blühenden Sommerblumengarten versteckt. Vor dem Haus, auf einer weiß angestrichenen, hölzernen Bank, sitzt eine ältere, weißhaarige Frau, die Kartoffeln schält.

Ihr Gesicht erheitert sich, als sie Lena erkennt.

„Das freut mich sehr, dass du mich mit deiner Freundin besuchst. Ich habe schon geahnt, dass du vorbeikommen wirst. Setzt euch nur an den Tisch! Ich bringe euch gleich ein erfrischendes Getränk, einen Most."

Während sich die beiden jungen Frauen hinsetzen, ergreift sie den Kartoffel-Eimer und eilt damit ins Haus.

„Das ist ein kleines Paradies", findet Laura. „Und deine ältere Freundin ist mir sehr sympathisch. Ob sie schon weiß, warum wir gekommen sind?"

Lena nickt. „Sie hat ein gutes Gespür, und sie ahnt es bestimmt."

Marisa erscheint mit einem Tablett, auf dem sich ein Krug mit Most und drei Becher befinden. Sie schenkt ihren Gästen das kühle Getränk in die irdenen Gefäße und sieht die beiden Frauen freundlich an. „Ich wünsche euch viel Erfolg für alles, was ihr vorhabt. Wie sieht es mit euren Plänen aus?"

Laura staunt. „Es ist wahr, wir haben darüber gesprochen, dass dieses Tal so bezaubernd ist, dass man unbedingt alle Dinge wieder in Ordnung bringen muss. Deswegen sind wir auch hier hingekommen. Warum ist eigentlich nicht schon vor uns jemand auf diese Idee gekommen?“

„Die meisten Menschen interessieren sich nicht für so etwas. Sie finden das Tal einfach nur schön und genießen ihren Urlaub, indem sie wandern gehen und sich braun werden lassen. Aber kaum einer fragt nach den Berggeistern.“

„Das ist erstaunlich“, findet nun auch Lena. „Ich habe zwar hier noch keine einzige Elfe gesehen, aber man spürt in dieser Gegend, dass die Natur so sehr beseelt ist.“

„Ich hoffe, ihr habt bis jetzt nur gute Geister gespürt“, wünscht Marisa. „Es gibt ja auch ganz andere Wesen. Vor dem Drachen Rauputz müsst ihr euch in Acht nehmen und auch vor dem Zauberer Misto, sie sind beide sehr gewalttätig. Diese Berggeister sind nicht zimperlich und haben es nicht gern, wenn ihnen jemand in die Quere kommt."

„Warum sind sie böse?" erkundigt sich Laura.

„Sie haben sehr unterschiedliche Gründe. Misto ist wütend, weil er nur ein Auge hat, während sein Zwillingsbruder Habbel mit zwei Augen sehen kann und ein sehr freundlicher Kobold ist."

Lena nimmt einen Schluck Most. „Und warum ist Rauputz so böse?"

„Er besaß einmal einen großen Schatz aus Edelsteinen, von denen es hier in den Alpen einige gibt. Als er gerade in seiner Höhle gemeinsam mit Misto einen großen Zauber verübt hatte, stellte er hinterher fest, dass seine

Schätze fehlten, es wurden ihm die wertvollsten Steine gestohlen. Er ist fest davon überzeugt, dass Misto der Dieb gewesen ist. Aber er konnte es ihm bis jetzt noch nicht nachweisen, weil Misto das Gegenteil behauptet, und der große Schatz bis jetzt noch nicht wieder aufgetaucht ist."

Laura atmet tief. „Dann ist es hier viel weniger friedlich, als ich geahnt habe. Davon habe ich bis jetzt noch gar nichts gemerkt."

Marisa schmunzelt. „Ihr seid noch nicht lange hier und habt noch keine der Naturkatastrophen erlebt, die hier stattfinden. Da gibt es Überschwemmungen und Lawinen aller Art, die schon viel Unglück und Leid in dieses Tal gebracht haben. Natürlich gab es auch schon unvorsichtige Menschen, die beim Skifahren ein Schneebrett in Bewegung versetzt haben. Andere sind durch Leichtsinn beim Bergsteigen abgestürzt und haben Steine ins Rollen gebracht. Aber hauptsächlich ist es die Natur, die nicht mit sich spaßen lässt."

„Und es hat noch niemand versucht, etwas dagegen zu tun?" fragt Laura verwundert.

Marisa sieht ihre beiden Gäste betrübt an. „Es gibt nicht so viele Menschen, die sich dort einmischen, wo ihnen Gefahr droht. Und ihr seid wirklich davon überzeugt, dass ihr helfen wollt?"

Die beiden jungen Frauen nicken eifrig.

„Dieses Tal gefällt uns sehr gut, deswegen wollen wir uns dafür einsetzen, dass es auch in Zukunft Menschen hier noch schön finden werden", antwortet Laura mit Überzeugung.

„Gut, dann werde ich euch helfen", beschließt die alte Frau. „Ich werde euch mit allem Notwendigen versorgen. Zunächst einmal müsst ihr euch Schlüssel besorgen, die nötig sind, wenn ihr in die Zauberreiche eindringen wollt."

„Und wo sind die?" fragt Lena gespannt.

„Oben, bei der Kaiserin Zara, die müsst ihr besuchen!"

Laura hebt die Augenbrauen. „Wird sie uns die Schlüssel einfach so geben?"

„Nein, eher nicht. Aber ich gebe euch ein Bund Himmelschlüssel mit. Diese Blumen sind ein Zeichen des Friedens, und sind so eine Art Geheimcode. Oft sind sie ein Ersatz für viele andere Schlüssel."

„Ist das so eine ähnliche Blume wie die Schlüsselblume?" erkundigt sich Lena.

Marisa nickt. „Das sind zwei Namen für eine Blume, und sie heißt auf Latein „Primula veris", das bedeutet „die kleine Erste des Frühlings"."

„Ein hübscher Name" findet Laura. „Und sie blüht in goldgelber Farbe, ganz leuchtend wie die Sonne. Wird Zara denn unsere Sprache verstehen können? Man hat sie doch in eine Gams verzaubert."

„Ja, sie denkt und spricht weiter wie ein Mensch, aber sie ist nur in der Gestalt des Tieres sichtbar. An ganz besonderen Vollmondnächten, da darf sie sich kurz in eine Frau verwandeln und sich mit ihrem Verlobten, dem Herzog Leo von weißer Perle treffen."

Lena staunt. „Von ihm habe ich noch gar nichts gehört. Dabei habe ich alle Märchen und Sagen-Bücher, die es über diese Gegend hier gibt, ausgiebig studiert."

„Er wohnt nicht hier im Norden", verrät Marisa. „Sein Reich ist weiter im Süden, im Bereich Venetien. Dort hat er in den kleinen Dolomiten ein wunderschönes Schloss. Wenn er oben auf seinem höchsten Turm sitzt, kann er von da aus bis zum Meer nach Venedig schauen."

„Das ist ja unglaublich“, findet Laura. „Das sind viele Kilometer.“

Die alte Frau nickt. „Es sind über hundert Kilometer Luftlinie. Das ist schon eine gewaltige Strecke.

Lena sieht Marisa erstaunt an. „Das ist sehr schwer für die Verlobten. Dann können sie sich nur sehr selten sehen. Da wartet dieser Leo bestimmt schon sehr lange auf seine Geliebte.“

„Oh ja, schon seit vielen Jahren. Aber die beiden lieben sich eben, und dann ist so etwas möglich.“

„Dann gibt es also noch mehr Gründe, warum wir hier schnellsten etwas unternehmen müssen“, stellt Laura fest. „Dann wollen wir lieber so schnell wie möglich losgehen.“

„Das sehe ich auch ein“, stimmt die Freundin zu.

„Dann werde ich euch jetzt einen Strauß Schlüsselblumen holen“, beschließt

Marisa. „Ich gebe euch noch Früchte-Brot mit, damit ihr unterwegs etwas zu beißen habt.“

„Und was sollen wir tun, wenn böse Kobolde oder böse Feen unseren Weg kreuzen?“ möchte Laura wissen.

„Dann könnt ihr die kleine Elfe Lorena rufen oder die gute Fee Lamina. Beide gehören in das Königreich des Königs Novo und sind gute Geister. Auch die fröhlichen Kobolde Ginster und Sonnenkraut, die in Galinas Gefolge leben, tanken dort oben das helle Licht und sind sicher bereit, euch ebenfalls zu helfen.“

Lena freut sich. „Und ich dachte schon, wir wären dort oben ganz allein.“

Marisa amüsiert sich. „Allein? Da sind immer eine ganze Menge Geister um euch herum, wenn ihr in die Berge geht, und ihr könnt froh sein, wenn sich nicht alle bemerkbar machen. Jetzt werde ich euch ein Proviantsäckchen füllen.“ Mit diesen Worten steht sie auf und begibt sich in das Innere ihres kleinen Hauses.

„Hast du Angst?" fragt Laura die Freundin.

„Ein bisschen unruhig bin ich schon", gesteht Lena. „Aber gemeinsam mit dir und mit den Helfern werden wir das schon schaffen. Jedenfalls müssen wir es versuchen."

In diesem Moment erscheint Marisa und überreicht den Frauen zwei kleine Rucksäcke, die die beiden sofort aufsetzen.

„Sie sind sehr leicht", findet Laura. „Da wird uns der Weg nicht beschwerlich werden."

Die alte Frau schmunzelt. „Das Steigen wird schwer genug sein. Ich habe euch hier Trockenobst und Früchte-Brot eingepackt. Das ist nahrhaft, ihr werdet satt und braucht nicht viel davon. Wasser findet ihr überall an den

Quellen. Damit müsst ihr euch nicht abschleppen." Sie überreicht den beiden ein feuchtes Stoffsäckchen. „Und hier sind die Schlüsselblumen drin. Ich habe sie mit Wurzeln eingepackt, damit sie nicht so schnell verwelken."

Die beiden Frauen bedanken und verabschieden sich von Marisa, die ihnen viele gute Wünsche mit auf den Weg gibt.

*

Kapitel 3

Obwohl die frische und doch würzige Bergluft die beiden Frauen immer wieder dazu verleitet, stehenzubleiben und tief einzuatmen, fällt ihnen der Weg hinauf bis zur Baumgrenze immer schwerer.

Am Geröllfeld angekommen, müssen sie erst einmal verschnaufen.

Lena blickt sich um. „Was für eine herrliche Aussicht! Diese alten Steine strahlen eine Ruhe und Erhabenheit aus, und der azurblaue Himmel ist so nah. Wie ein Vogel, so fühlt man sich frei, weil alles andere hinter uns geblieben ist, und unten im Tal ganz klein und unbedeutend zu liegen scheint.“

Laura nickt. „Man kommt sich hier oben auch ganz klein vor, ganz nah an den Gipfeln der Bergriesen. Aber wir müssen jetzt stark sein, weil wir etwas Wichtiges vorhaben. Du hast dich doch so gut vorbereitet. Wo finden wir jetzt die Kaiserin Zara.“

Sie soll in einem großen Buschwerk, bei den wilden Rosen leben“, erinnert sich Lena. „Aber wo genau, das weiß ich nicht. Dort weiter im Süden, drüben, im Rosengarten, findest du an jeder Ecke Murmeltiere, die dir den Weg weisen können. Aber hier wird uns nichts anderes übrigbleiben als einen Kobold, eine Fee oder eine Elfe zu rufen.“

In diesem Augenblick landet ein Lebewesen, das wie eine Libelle aussieht, neben den beiden Frauen auf einem großen Stein und beginnt, mit ihnen zu sprechen.

„Ich bin Lorena, und eine der schnellsten Elfen der Welt. Während ihr hier den Berg hinaufgestiegen seid, bin ich dreimal nach San Remo und zurückgeflogen, um ein paar Botschaften zu überbringen. Ihr habt

mich herbeigewünscht, und nun bin ich
da."

„Das ist aber praktisch", findet Laura.
„Praktisch, dass du herbeikommst,
wenn wir dich herbeiwünschen, und
praktisch, dass du so schnell fliegen
kannst. Kannst du uns sagen, wo die
Kaiserin Zara ist?"

Lorena fliegt auf die Schulter der jungen
Frau, und ihr hübsches, kleines Gesicht
ist nun gut zu erkennen. „Ich werde es
euch nicht nur verraten, ich werde euch
auch dahinführen."

Die beiden jungen Frauen freuen sich.
„Mit einer so großen Hilfe hatten wir
nicht gerechnet. Was können wir dir
dafür Gutes tun?"

„Uns Elfen muss man dafür nichts
bezahlen", erklärt das zarte Wesen. „Wir
helfen, weil es uns Freude macht."

„Hast du denn nichts anderes vor, nichts
Besseres?" erkundigt sich Lena.

„Ich habe viel Zeit, das kannst du dir doch bestimmt denken. Weil ich so schnell fliege, spare ich auch ungeheuer viel Zeit, und die kann ich dann verschenken.“

„Das ist nett von dir“, findet Laura. „Ich denke, wir haben uns jetzt genügend ausgeruht. Wohin sollen wir nun gehen?“

„Ich fliege jetzt voran“, teilt ihnen Lorena mit. „Ich habe gerade meinen Zeitlupengang eingeschaltet, damit ihr beide die Möglichkeit habt, mir folgen zu können.“

„Das ist sehr nett von dir“, bedankt sich Lena. „Du bist sehr rücksichtsvoll.“

Die kleine Fee hat sich schon in Bewegung gesetzt und fliegt, wie ein Schmetterling, tanzend und kreisend vor ihnen her.

Langsam und vorsichtig folgen ihr die beiden Frauen, auf den Steinen vorsichtig balancierend.

Hinter einem niedrigen Berg aus Steinen entdecken die Wanderer einen kleinen Wald, der aus niederem Buschwerk, ein paar dunkelgrünen schmalen Bäumen und wilden Rosen besteht.

Lorena deutet auf das Wäldchen „Das ist das grüne Reich der Kaiserin Zara. Ich werde einmal voranfliegen und ihr euren Besuch ankündigen."

Bevor die beiden Frauen weitere Fragen stellen können, ist die Elfe bereits aus ihrem Sichtkreis verschwunden.

Zögernd schreiten Lena und Laura voran und erwarten gespannt die Begegnung mit der verzauberten Hoheit.

Sie müssen nicht lange warten, wenige Augenblicke später erkennen sie eine große und starke Gams, die sich mit einem dicken Fell vor Wind und Kälte schützt.

Jetzt taucht auch Lorena wieder auf, setzt sich auf Lauras Schulter und ruft laut und fröhlich. „Kaiserin Zara ist erschienen, bitte macht einen respektvollen Knicks!"

Laura und Lena sehen das Tier ehrfurchtsvoll an und beugen die Kniee.

„Es ist schon gut", sagt das ziegenartige Wesen mit sanfter Stimme. „Ihr könnt euch ganz normal mit mir unterhalten. Hier in den Bergen sind alle guten Wesen Freunde und reden auch so miteinander. Und da ihr Freunde von Marisa seid, seid ihr auch meine Freunde. Was habt ihr auf dem Herzen?"

„Wir freuen uns sehr, deine Freunde sein zu können", antwortet Lena. „Und du kannst immer auf uns zählen. Wir benötigen die Schlüssel zur Geisterwelt, damit wir mit ihnen sprechen und verhandeln können."

„Das ist viel verlangt", antwortet die Gams. „Und warum möchtet ihr den Eintritt gewinnen?"

„Wir möchten verhandeln und versuchen, einen neuen Frieden zu erringen. Wir möchten erreichen, dass sich Novo und Galina als Freunde zusammentun und sich einig werden, wer an welcher Stelle wohnt. Es soll nicht mehr so viele Naturkatastrophen hier geben, das wäre unser Wunsch. Aber wir wollen auch zwischen dir und dem Drachen Rauputz vermitteln, damit Regelungen für den Tourismus getroffen werden können und du endlich wieder deine kaiserliche Gestalt annehmen kannst."

Die Kaiserin seufzt. „Das ist viel verlangt. Das ist ja fast so, als wolltet ihr in der Menschenwelt den Weltfrieden erringen. Wir dürfen nicht vergessen, dass es auch unter den Berggeistern sehr viele sture Wesen gibt."

„Aber wir möchten es einmal versuchen", drängelt Laura.

Zara atmet tief. „Ich wünschte, ihr hättet Erfolg! Um euch die Geisterwelt zu öffnen, brauche ich von euch goldgelbe Schlüsselblumen, und zu denen muss jede von euch eine Frage beantworten können."

Rasch holen die beiden Frauen die Blumen aus dem immer noch feuchten Säckchen und überreichen sie der Kaiserin.

Vorsichtig nimmt sie die Pflanzen mit dem Maul entgegen, legt sie auf den Boden und betrachtet sie. „Was sind sie doch für eine große Freude! Und auch mich werden sie wohl einmal erlösen können."

„Wie wird das möglich sein?" erkundigt sich Laura neugierig. „Dabei wollen wir dir gern helfen."

„Es ist sehr schwierig und wird auch erst an einem Viertelmond möglich sein. Auch dazu werdet ihr wieder die sonnengelben Schlüsselblumen brauchen. Mit ihnen müsst ihr zu dem Kobold Misto in seine dunkle Höhle gehen, in der es furchtbar nach seinen bösen Gedanken stinkt. Dort muss man ihm die Blumen überreichen, und auch er wird eine Frage stellen."

„Welche Frage ist das? Können wir sie vielleicht schon erfahren?"

„Es nützt euch gar nichts, wenn ich euch verrate, dass es dabei um mich und die Schlüsselblumen geht. Denn wenn ich sie euch mitteile, werde ich so klein wie eine Ameise, und dann sieht mich keiner mehr, und ich bin nicht mehr zu retten. Bei der Frage geht es um mich, um den Fürsten Leo und die

Schlüsselblumen. Mehr darf ich nicht sagen!"

„Dann wollen wir dich wegen dieser Frage auch gar nicht weiter ausquetschen", antwortet Lena. „Aber wir werden natürlich alles versuchen, um bei Misto an das Dokument zu kommen, das für dich wichtig ist, und das möglichst bald."

Die Gams meckert ein wenig. „Wie ich euch schon sagte, damit müsst ihr bis zum nächsten Viertelmond warten, wenn ihr dieses Wagnis wirklich eingehen wollt. Aber nun geht es erst einmal um die beiden Fragen, damit ich euch den Eintritt in das Geisterreich erlauben kann."

„Ja, denn wir möchten gern in das Königreich der Königin Galina und in das Land des Königs Novo, damit wir mit ihnen verhandeln können", versichert Laura noch einmal.

„Dann wird es also ernst", beginnt Zara und wendet sich an die junge Frau. „Deine Frage lautet: Was hat der Apostel Petrus, der ja bekannt ist als Himmelswächter, mit der Blume Himmelschlüssel zu tun."

Laura überlegt, aber es fällt ihr nichts ein. Sofort fliegt Lorena an das Ohr der jungen Frau und soffliert ihr die Antwort auf die Frage.

Langsam und bedächtig spricht nun die Gefragte aus, was ihr die kleine Elfe vorgeflüstert hat: „Petrus hatte seinen Schlüssel zum Himmelstor auf der Erde verloren, und als er es merkte, schickte er sehr viele Engel hinab, um den verlorenen Schlüssel zu suchen und zu finden. Nach einigen Mühen hatten sie Glück und entdeckten den gesuchten Gegensstand auf einer großen Wiese. Doch dort war der Schlüssel inzwischen festgewachsen, sodass man ihn nicht mehr pflücken konnte. Zudem leuchtete die ganze Wiese mit unzähligen weiteren Schlüsselblumen, die nun diese Gegend mit dem Gold des Himmels schmückten."

Die Gams nickt, greift mit dem Maul in einen Busch hinein und zaubert einen silbernen Schlüssel hervor. „Damit könnt ihr das Tor zu Galinas Reich aufschließen, sofern ihr es findet."

Laura nimmt den wertvollen Gegenstand entgegen und schließt ihn fest in ihrer Faust ein. „Ich will darauf aufpassen, und ich hoffe sehr, dass uns unser Vorhaben gelingt."

Zara wendet sich an Lena. „Auch an dich habe ich eine Frage: „Welche Geschichte kennst du, die im Norden bei der Göttin Freya über die Schlüsselblumen erzählt wird?"

Die junge Frau denkt nach, streng ihr Gehirn an, aber sie kann sich nicht daran erinnern, jemals etwas über die Schlüsselblume gehört oder gelesen zu haben. Schnell fliegt Lorena nun auf die

Schulter der anderen jungen Freundin und flüstert ihr ebenfalls ein paar wichtige Sätze ins Ohr, die Lena unmittelbar danach laut ausspricht: „Um in das Reich der Göttin Freya zu gelangen, benötigte man einen Schlüssel, und auch um damit in die Feen-Welten und in die Zauberreiche zu gelangen. Wer diese Schlüsselblume besitzt, hat viel Glück, auch in der Liebe, und ebenso viel Erfolg in vielen anderen Bereichen. In England heißt diese Pflanze Fairycup, also Elfenkelch und man glaubt, dass in ihr die Feen schlafen."

Die Kaiserin lächelt, deutlich sieht man, wie sich das Gesicht der Gams verzieht und sich das Mäulchen verbreitert. „Das hast du ebenfalls sehr gut gemacht, und ich bin froh, dir auch den Schlüssel geben zu können, den du dir gewünscht hast."

Sie greift mit dem Maul in den Zweig eines Baumes und holt einen kupfernen

Schlüssel hervor. „Hier! Damit kannst du das Tor zum Königreich des Königs Novo öffnen, sofern du nicht von seinen bösen Feen daran gehindert wirst.“

Lena nimmt die Kostbarkeit im Empfang und hält sie fest. „Ich werde sehr gut darauf aufpassen, und ich bin sehr froh, dass wir so möglicherweise an diesen Zuständen etwas ändern können.“

„Das würde mich sehr freuen“, antwortet die Kaiserin. „Und ich wünsche euch viel Erfolg!“ Sie nimmt die Schlüsselblumen mit dem Maul auf und verschwindet damit in dem kleinen Zauberwald.

Beide Frauen schauen erstaunt, dass sich dort unmittelbar darauf nichts mehr regt.

„Es kommt mir fast so vor, als würde ich träumen“, teilt Laura ihrer Freundin mit. „Aber wir können froh sein, ich habe diesen Schlüssel fest in der Hand und werde ihn nicht mehr loslassen.“

Lorena, die sich gerade entfernt hatte, erscheint mit zwei langen Schnüren, die sie den beiden überreicht. „Diese festen Schnüre haben meine Geschwister aus Binsen geflochten. Reiht die Schlüssel daran auf, verknotet die Schnüre und bindet sie euch um den Hals. So können sie nicht so leicht verloren gehen. Die Schnüre sind aus Zauberbinsen, der nicht reißen kann.“

„Das ist eine sehr gute Idee“, findet Lena. „Du hast uns bisher schon sehr viel geholfen. Dafür sind wir dir sehr dankbar. Wir werden jetzt wieder hinuntergehen und in unserem Hotel schlafen. Gleich morgen früh wollen wir dann die Haupteingänge eines der beiden Königreiche suchen. Sie sollen in der Nähe des Meggima-Sees sein.“

„Wenn ihr euch nicht fürchtet, hier oben in den Bergen zu schlafen, dann könnt ihr auch hier in einer Berghütte bleiben. Nicht weit von hier ist die Waldhütte, da könntet ihr übernachten und gleich morgen früh zum kleinen Fichtenwald hinüber. Denn dort befindet sich gerade Königs Novo in seinem Sommerquartier."

„Das ist eine gute Idee", findet Laura. „Vielleicht ist es besser, wenn wir versuchen, direkt mit dem Regenten zu reden. Aber wozu brauchen wir dann den Schlüssel?"

„Den muss man hier immer bei sich tragen, er ist wie ein Pass an jeder Kontrolle. Eine Art Sondererlaubnis, dieses Gebiet hier betreten zu dürfen."

„Und den müssen wir hier überall vorzeigen?" erkundigt sich Lena.

„Nicht überall, ab und zu werdet ihr danach gefragt, auf jeden Fall ist es gut, dass ihr ihn besitzt, denn morgen habe ich den ganzen Tag in Venedig etwas zu tun, da kann ich euch nicht begleiten."

„Müssen wir noch etwas anderes beachten, wenn wir den vielen

Berggeistern begegnen?" erkundigt sich Laura.

Lorena kichert. „Sie sind genauso individuell wie die Menschen, die einen machen einen Scherz mit euch, die anderen mögen euch nicht und wollen euch verjagen. Dazu findet jeder seine eigenen Mittel."

„Trotzdem wollen wir es wagen", entscheidet Lena für sich, und Laura stimmt ihr zu.

„Dann werdet ihr auch weiter Hilfe zu erwarten haben", vermutet die kleine Elfe, „und ich werde euch jetzt zu der Berghütte führen, damit ihr euch ein wenig ausruhen könnt."

*

Kapitel 4

Die beiden Frauen sitzen vor der Berghütte und schauen in den nächtlichen Sternenhimmel.

„Wie hell es hier oben ist!" staunt Lena. „Hier gibt es viel mehr Sterne als in der Stadt."

Laura gähnt. „Der lange Weg zur Kaiserin hat mich doch müder gemacht, als ich dachte. Aber es waren einfach zu viele neue Erlebnisse, da hätte ich nicht früher schlafen können."

„Ich denke auch immer noch über alles nach", gesteht Lena. „Diese kleine Elfe ist sehr niedlich und hat ihre Sache gut gemacht. Mein Wissen über die Schlüsselblume war nicht gerade ausreichend."

Die Freundin schmunzelt. „Ich wusste auch nicht mehr als du. Aber was sagst du zu Zara? Ist es nicht schrecklich, dass sie da oben als Gams leben muss?! Das muss doch schrecklich sein, wenn man die Gedanken und Gefühle eines Menschen hat!"

„Wahrscheinlich hat sie sehr viel Hoffnung", überlegt Lena. „Wahrscheinlich hofft sie auf jeden Viertelmond, dass sie erlöst wird, und ebenso sehr auf den Vollmond, weil sie diesen Fürsten Leo treffen kann, ihren Verlobten."

„Wir müssen so schnell wie möglich diesen Misto ausfindig machen, damit sie erlöst werden kann. Es ist schon seltsam, wie hier alles mit diesen Schlüsselblumen zusammenhängt."

Lena streckt sich und reibt sich die Augen. „So seltsam finde ich das gar nicht. Diese Schlüsselblumen sind etwas ganz Besonderes. Primula veris ist auch so etwas wie das Symbol für den Anfang des Frühlings. Auf den wartet man auch nach einem kalten und harten Winter sehr sehnsüchtig. Außerdem ist diese

Blume eine Heilpflanze, aus der Tees und Medikamente hergestellt werden."

„Das weißt du alles?!" staunt Laura. „Dann sind wir doch nicht so hilflos, wie es scheint. Weißt du noch mehr darüber?"

„Die berühmte Hildegard von Bingen, die fast alle Pflanzen und Kräuter kannte, hat ebenfalls über diese Blume viel Gutes geschrieben. Dieses Kraut wirkt gegen Melancholie und andere körperliche und seelische Beschwerden."

„Dann kann ich verstehen, warum Zara diese Blume so liebt und sich freut, wenn man ihr diese kleinen blühenden Sonnenfänger mitbringt."

Lena knabbert an einer Trockenfrucht. „Sie schmecken gut, diese getrockneten Äpfel und Pflaumen. Ich vermisse die Süßigkeiten von zu Hause überhaupt nicht. Ja, und du hast recht, die Kaiserin lebt zwar da oben nah an der Sonne, aber sicher ist sie sehr allein."

„Aber ihr seid nicht allein", ertönt eine quäkende Stimme neben ihnen. „Darf ich mich zu euch setzen?"

Laura hebt die Laterne und leuchtet Boden aus. Neben dem, Tisch entdeckt sie einen Kobold, dessen Gestalt der Spielzeugfigur „Stehaufmännchen" ähnelt, denn sein Körper besteht aus drei übereinander gesetzten Kugeln, und in der obersten leuchten zwei lustig zwinkernde Augen, die über einem kugelrunden Mund stehen.

„Ihr müsst keine Angst vor mir haben", sagt das seltsame Wesen. „Ich bin ein freundlicher Kobold, und mich hat Lorena geschickt, damit ich hier einmal nach dem Rechten schaue."

Laura freute sich. „Setz dich nur zu uns. Lorena denkt wirklich an alles. Und wer bist du, und was machst du so?"

„Mein Name ist Ginster. Wenn es jetzt taghell wäre, könntet ihr meine Tagesfarbe erkennen, da leuchte ich so goldgelb wie die Ginsterpflanze. Aber nachts wechsele ich meine Farbe und bin bunt wie ein Regenbogen."

Lena staunt. „Hat das einen besonderen Grund?"

Ginster kichert. „Bei uns Kobolden hat zwar nicht alles einen vernünftigen Grund. Aber mein Farbwechsel ist schon recht sinnvoll. Normalerweise sagt man bei euch Menschen doch: „Nachts sind alle Katzen grau, wenn man die einzelnen Farben nicht mehr erkennen und nicht mehr unterscheiden kann. Aber gleich, wenn der Mond hinter die Wolken geht, dann werdet ihr sehen, dass ich richtig bunt leuchte wie eine Fackel, und dann könnt ihr eure Laterne löschen."

„Dann hast du sicher eine leuchtende Funktion?" vermutet Laura.

„Ja das stimmt", antwortet der Kobold freundlich. „Tatsächlich bin ich so eine Art wandelnde Laterne, und die wird in den Höhlen bei uns nämlich sehr viel benötigt."

„Gibt es noch mehr von euch?" möchte Lena wissen.

„Natürlich, wir haben hier sehr viele Höhlen in den Bergen. „Da brauchen wir viele wandelnde Laternen. Die meisten leuchten gelb, aber ich gehöre zu den Regenbogen-Kobolden, die haben zusätzlich die Funktion, die düsteren Höhlen gemütlicher zu machen."

„Das finde ich sehr vernünftig", bemerkt Laura. „Ich kann mir vorstellen, dass es in einigen Höhlen nicht besonders wohnlich ist. Und was hast du jetzt vor? Möchtest du vielleicht hierbleiben?"

Ginster verdreht die Augen. „Nein, das gerade nicht. Ihr wolltet gerade schlafen gehen und seid schon müde nach dem langen Tag. Aber ich denke, ihr werdet mich noch ein andermal gebrauchen können. Wenn es soweit ist, dann ruft mich einfach, und ich werde sofort da sein.“

„Hast du denn so besonders gute Ohren?“ möchte Lena wissen. „Was ist, wenn wir uns gerade weit weg von dir befinden?“

„Ich habe sehr gute Ohren und höre hier alles, was im Tal geschieht. Glücklicherweise habe ich einen Filter im Kopf, der auch vieles wegfiltert, wenn ich das möchte. Sonst würde ich wahrscheinlich verrückt mit so vielen Geräuschen im Kopf.“

„Das ist dann wohl eine sinnvolle Einrichtung“, findet Laura. „Ich bemerke, dass es hier im Tal sehr viele Wesen gibt, die besondere Eigenschaften haben. Die kleine Elfe Lorena kann sehr schnell fliegen, du kannst leuchten und besonders gut hören. Habt ihr noch mehr solcher Genies hier unter den Bergwesen?“

Der Kobold lacht. „Jeder Berggeist hier eignet sich für irgendetwas sehr gut. Bei euch Menschen ist es eigentlich auch so, aber die meisten machen sich gar nicht die Mühe, herauszufinden, wofür sie sich gut eignen. Jedes Lebewesen hat nämlich irgendein Talent. Bei vielen bleibt es unbenutzt und rostet.“

Lena wundert sich. „Du meinst, jeder Mensch hat irgendeine besondere Eignung? Wirklich jeder?“

„Natürlich. Der eine kann gut kochen, der andere gut putzen, der nächste kann gut rechnen, und ein anderer ist dazu befähigt, zwischen Streitenden Frieden zu stiften. Jeder kann etwas, dass er üben und ausbauen könnte.“

„Ich glaube, dass sehen viele Menschen gar nicht so“, gibt ihm Laura zu bedenken. „In der heutigen Welt muss man gar nicht so viel können. Die

Maschinen nehmen dem Menschen eine ganze Menge ab."

„Das stimmt. Aber genau deswegen könnten sich die Leute mehr Freizeit nehmen und in diesen Stunden etwas tun, das ihnen liegt. In diesem Tal ist eine besondere Atmosphäre. Wenn man hier seine Kräfte auftankt, fühlt man sich sehr frisch und munter und kann mehr auf die innere Stimme hören. Wenn ein Mensch lernt, auf seine innere Stimme zu hören, kann er auch entdecken, was er gut kann."

„Und das macht ihr alle so, ihr Kobolde?" will Lena wissen.

„Nein, natürlich nicht. Die bösen Kobolde möchten lieber anderen im Wege stehen, gar nichts tun oder Unfug anrichten."

Laura sieht den Kobold erwartungsvoll an. „Und was macht ihr mit ihnen? Werden sie bestraft oder davongejagt?"

„Nein, dann würden sie woanders Unheil anrichten, und wir hätten sie nicht mehr unter Kontrolle. In der Regel sorgen wir dafür, dass sie unter sich bleiben können, damit sie nicht anderen schaden. Aber da einige von ihnen sehr intelligent sind, finden sie auch immer wieder eine Möglichkeit, ihre Grenzen zu überwinden und die freundlichen Kobolde oder auch Urlaubsgäste zu ärgern."

„Sind auch richtig böse darunter," möchte Lena wissen.

„Gefährliche gibt es ja eigentlich nur zwei hier im Pustertal, außer dem Zauberer Misto und dem Drachen Rauputz, das ist der Kobold Hohlzahn, der wie ich zum Gefolge der Königin Galina gehört, und es handelt sich um den Kobold Fledermausohr, der unter Novos Herrschaft steht. Aber wie das so überall auf der Welt ist, schon ein faules Ei kann den ganzen Brei verderben."

„Das klingt logisch", findet Laura. „Habt ihr denn auch schon einmal versucht, diese Bösewichte zu bekehren?"

„Das geht leider nicht. Ihr Inneres ist sehr zerfressen und dagegen kann man nichts tun, solange sie es nicht selbst wollen. Diese Schlüsselblumen zum Beispiel, die hier auf den Bergwiesen wachsen, sie können solch einer Zerfressenheit entgegenwirken. Aber die vier Bösewichte meiden solche Blumen und lachen uns aus, wenn wir ihnen etwas anbieten, das ihnen helfen könnte."

Lena seufzt. „Das erinnert mich etwas an gewisse Menschen, die sich auch nicht helfen lassen wollen. So etwas kommt leider vor. Aber ich hoffe, ihr habt noch nicht aufgegeben, daran zu arbeiten."

„Natürlich nicht", antwortet Ginster. „Wir alle bemühen uns jeden Tag aufs Neue."

„Vermutlich könntet ihr viel besser daran arbeiten, wenn ihr eure Völker vereinigen könntet", schlägt Laura vor. „Ihr hättet doch sicher viel mehr Möglichkeiten, wenn sich die guten Feen und Elfen aus Novos Reich mit den guten Kobolden aus Galinas Königreich zusammentun würden."

Der Kleine stöhnt. „Das ist es ja eben. Galina und Novo werden sich nicht einig, und daher ist keine Vereinigung der Königreiche in Sicht."

„Warum sind sie denn verfeindet?" möchte Lena wissen.

„Das ist schon sehr lange her, bevor es ganz oben in den Bergen den Stausee gab, und bevor der wunderschöne Meggima-See angelegt wurde. Genau das war ihr Streitthema. Beide waren sich zwar darüber einig, dass die Menschen in dieser Gegend für den Mühlbach eine Regelung brauchten, und zum Stausee stimmten sie dann auch zu.

Aber Novo wollte den See bei Mühlwald nicht, denn er konnte sich nicht vorstellen, dass die Menschen es hier fertigbrächten, ihn so aussehen zu lassen, als habe ihn die Natur geschaffen. Galina, die sehr romantisch ist, fand die Idee sehr schön, und sie stützte die Einwohner dieses Tales dabei, das Projekt fertig zu stellen. Novo jedoch tat alles dazu, um die Fertigstellung zu verhindern. Es gab schlechtes Wetter, die eine oder andere Überschwemmung, und er sorgte dafür, dass auch ein paar Arbeiter krank wurden, die ihre Arbeit unterbrechen mussten. Kurzum, er boykottierte das Projekt, wo er nur konnte. Darüber wurde Galinas sehr böse und sie schwor ihm Rache. Als dann der See fertig war, fanden ihn alle sehr schön, sogar Novo musste zugeben, dass er sehr gut als idyllisches Wasser in diese Gegend und auf diese Wiese passte. Er sah tatsächlich ein, dass er Unrecht gehabt hatte und ging zu Galina, um sich mit ihr zu versöhnen. Die Königin aber wollte sich nicht mit ihm einigen, weil sie noch böse auf ihn war und meinte, er könne sein Unrecht nicht wieder gutmachen. Er bat sie um Entschuldigung und versprach ihr, alles wieder gut zu machen, wenn sich ihm die Gelegenheit dazu böte. Aber damit war sie nicht zufrieden. Sie sagte, was geschehen ist, das kann man nicht mehr rückgängig machen. Und seitdem reden die beiden kein Wort mehr miteinander und gehen sich entweder aus dem Weg oder lassen ihren Ärger aneinander aus. So lassen zum Beispiel beide zu, dass ihre bösen Untertanen im Reich des anderen etwas Ungutes anrichten dürfen, und wenn etwas geschehen ist, dann werden die Täter nicht einmal bestraft. Also kommt es häufig vor, dass Fledermausohr in Galinas Gefilden ungestraft irgendeinen Unfug treibt, und Hohlzahn in Novos Reich sein Unwesen treiben darf, ohne Ärger zu bekommen. Darunter leiden natürlich alle, die Berggeister, aber auch die Menschen im Tal, denn so etwas geht nie ohne kleinere Naturkatastrophen ab. Da kommt einmal ein Stein ins Rollen, oder ein Baum fällt um. Eine Quelle kann plötzlich versiegen, oder an einer anderen Stelle wieder hervorbrechen. Diese beiden Unholde denken sich immer wieder etwas aus, worüber sich andere ärgern können."

Lena seufzt. „Das hört sich gar nicht gut an. Dafür gibt es sicher keine Patentlösung."

„So ist es. Es ist viel zu kompliziert, als dass man es einfach so mit einem Himmelschlüssel lösen könnte. Das haben wir übrigens alle schon probiert. Wir haben unseren Regenten bereits Tee aus diesen heilenden Kräutern und Blumen hergestellt und ihnen angeboten. Wir haben Schlüsselblumen getrocknet und sie in den königlichen Thronsälen aufgehängt, wir haben kleine Blüten in die Kleider der

Hoheiten eingenäht, aber bisher konnte tatsächlich nichts helfen."

„Ihr habt es also schon mit allerlei Hilfsmitteln probiert", stellt Laura fest. „Habt ihr denn auch einmal versucht, an die Vernunft der beiden zu appellieren?"

„Wie meinst du das? Wie sollte so etwas vor sich gehen", fragt Ginster und lässt seine bunten Farben heller leuchten.

„Naja, man könnte erst einmal versuchen, mit jedem einzeln zu reden und ihm klar machen, dass diese Feindschaft auf Dauer nur Unannehmlichkeiten bringt und keinem guttut. Dann könnte man die beiden Könige auch zusammenführen und sie bei einem versöhnenden Gespräch unterstützen. Könnte das nicht auch eine Lösung sein?"

„Das klingt in der Theorie ganz schön, aber in der Praxis wird das sehr schwer sein."

„Warum?" erkundigt sich Lena.

„Die meisten von uns haben Respekt vor unseren Herrschern. Keiner von uns würde sich wagen, ihnen so etwas anzutragen."

„Ich glaube, dabei muss man den Respekt nicht außer Acht lassen", denkt Laura laut. „Vielleicht liegt es auch daran, dass ihr den Regenten bekannt seid, schon lange dazugehört. Möglicherweise gewährt man generell einem Fremden mehr Aufmerksamkeit. Wir möchten gern einmal versuchen, mit König Novo und Königin Galina zu reden. Was hältst du davon?"

„Uns ist alles recht, was uns den Frieden bringt. Von mir habt ihr schon einmal grünes Licht, oder besser gesagt buntes Licht. Ich bin euch sehr dankbar, wenn ihr etwas versuchen wollt. Aber ich sehe, euch fallen schon die Augen zu. Ich wünsche euch jetzt eine gute Nacht. Ich werde gleich draußen auf der kleinen

Terrasse ein Nickerchen machen. Keine Angst, ihr seid in Sicherheit. Denn meine Ohren hören alles, sogar, wenn ich schlafe."

Die beiden Frauen bedanken sich bei dem Kobold und wünschen ihm ein erholsames Nickerchen.

Als sie kurze Zeit später in den gemütlichen Bauernbetten liegen, fallen ihnen die Augen zu, und sie sinken in einen entspannenden Schlaf.

*

Kapitel 5

Als die beiden Frauen am anderen Morgen auf die Terrasse treten, ist Ginster nicht mehr da.

„Bei diesen Zauberwesen kommt es mir manchmal so vor, als hätte ich nur geträumt", bekennt Lena. „Sie sind plötzlich da, manchmal wie aus dem Nichts, aber dann verschwinden sie auch genauso unversehens, so, als ob sie nur eine Fata Morgana sind, die sich im nächsten Augenblick schon wieder auflösen kann."

Laura nickt. „Ich glaube, so verhalten sich alle zauberhaften Sachen. Sie sind wie ein Spuk, der plötzlich aus dem Nichts auftaucht und auf die gleiche Art und Weise wieder verschwindet. Der freundliche Kobold hat sich nicht einmal richtig verabschiedet."

„Vielleicht hatte er irgendetwas Wichtiges zu tun", vermutet Lena und bindet ihre blonden, langen Haare zu einem Zopf. „Du hast es gut mit deinem kurzen Haar. Bei diesem Wind hier oben sehe ich ständig aus wie eine Hexe.“

Laura fährt sich durch die kurzen schwarzen Locken und lacht. „Als Hexe würdest du schon einmal gut zu den bösen Berggeistern passen. Vielleicht kommst du mit dieser zerzausten Frisur gut mit ihnen klar. Sie denken dann, du wärst eine von ihnen und lassen mit sich reden.“

„Gut, dass wir noch einen solchen Humor haben“, findet die Freundin. „Bisher haben wir Glück gehabt und nur gute Geister getroffen. Wir sollten darauf gefasst sein, heute auch anderen Wesen begegnen zu müssen.“

„Vielleicht hilft uns der Schlüssel“, überlegt Laura. „Möglicherweise ist er so eine Art Talisman.“

„Vielleicht sollten wir uns aber auch noch ein paar Himmelschlüssel ausgraben, damit wir einen weiteren

Schutz bei uns tragen. Hast du Angst, oder bist du immer noch davon überzeugt, dass wir unser Abenteuer trotzdem wagen sollten?"

„Ich will auf jeden Fall mutig sein", entscheidet sich Laura erneut. „Ich kann es einfach nicht mitansehen, dass hier Unfrieden herrscht. Ich möchte auch dieses schöne Tal schützen, damit sich die Menschen hier wohl fühlen. Diejenigen, die hier wohnen und auch diejenigen, die hier Urlaub machen. Und ganz besonders fühle ich mich auch gedrängt, der Kaiserin Zara zu helfen, damit sie ihren Liebsten öfter sehen kann als nur bei Vollmond."

„Gut, denn ich bin ganz deiner Meinung", stimmt ihr Lena zu und reicht der Freundin einen der beiden Rucksäcke. „Dann lass uns auch nicht mehr lange hier herumtrödeln. Suchen wir also den kleinen Tannenwald, in dem sich Novo gerade aufhält!"

„Dann müssen wir sicher hier geradeaus weitergehen", vermutet Laura und setzt sich den Rucksack auf. „Auf dem Hinweg ist sind uns nur ein paar Föhren begegnet und ein bisschen niederes Buschwerk."

„Probieren wir es!" stimmt ihr die Freundin zu und setzt sich ebenfalls ihren Rucksack auf. Noch einmal schauen sie zu der kleinen freundlichen Hütte zurück, die ihnen ein paar ruhige Stunden gewährte.

Die Sonne wandert über die Berggipfel herein und flutet die Zinnen mit einem hellrosa Lichtschein, der die Alpen in einen farbigen Leuchtzauber zu tauchen scheint.

Entzückt und fasziniert betrachten die beiden jungen Frauen das schimmernde Natur-Schauspiel und bemerken erst spät, dass ihnen ein Kobold entgegenkommt.

Erschrocken bleiben sie stehen und warten ab, bis der kleine Kerl angekommen ist. Staunend betrachten sie ihn, denn er ähnelt einem Zwerg, wie sie ihn aus den heimatlichen Gärten kennen.

Lena grüßt ihn freundlich. „Guten Tag", sagt sie eilig. „Wir sind zwei Freundinnen und suchen den kleinen Tannenwald."

Der Berggeist tritt näher, und die beiden Frauen erkennen, dass seine Haut grün ist, wie die eines Frosches.

Laura grüßt ihn ebenfalls. „Grüß Gott! So sagt man hier wahrscheinlich. Vermutlich gehörst du zu den Leuten des Königs Novo."

„Hier sagt man Ciao und ich bin Hohlzahn", stellt sich der kleine Mann vor, und die beiden Frauen erinnern sich daran, dass sie vor ihm gewarnt worden sind.

„Wir freuen uns, dich kennenzulernen“, schwindelt Lena. „Vielleicht kannst du uns behilflich sein.“

Die Augen des Koboldes weiten sich. „Vielleicht könnte ich das, wenn ich wollte. Aber ich will es nicht. Stattdessen müsst ihr mir folgen, denn ihr seid jetzt meine Gefangenen.“

„Aber wir haben doch einen Schlüssel für die Tore des Reiches“, eröffnet ihm Laura. „Wir haben also einen Pass und damit die Erlaubnis, hier entlang gehen zu dürfen.“

„Ihr könnt so viele Schlüssel bei euch tragen, wie ihr wollt, aber das hilft euch gar nichts“, sagt Hohlzahn verärgert, und sein Gesicht wird dunkelgrün. „Dies hier ist mein Revier, und deswegen habt ihr das zu tun, was ich will.“

„Dann sag uns bitte, wo die Grenzen deines Landes sind“, versucht es Lena freundlich. „Dann verlassen wir natürlich schnellstens dein Gebiet und gehen außerhalb seiner Grenzen weiter, in einem großen Bogen herum."

„Hier ist überall mein Revier", behauptet der Kobold. „Und hier bestimme ich. Deswegen müsst ihr mir sofort folgen."

Laura seufzt. „Wohin sollen wir denn? Was hast du mit uns vor? Am besten verrätst du uns das, denn wir haben nicht viel Zeit. Wir müssen unbedingt so bald wie möglich den König sprechen."

„Das interessiert mich", antwortet Hohlzahn. „Ihr seid jetzt hier auf meinem Gebiet, und da habt ihr nichts zu sagen."

„Wir wollen ja auch nur ganz kurz den König sprechen", erklärt Lena. „Dann verlassen wir dein Gebiet sofort wieder."

Der kleine Mann lässt sich auf nichts ein. „Dazu ist es jetzt zu spät. Ihr seid meine Gefangenen und müsst das tun, was ich will."

„Und was passiert, wenn wir nicht das tun, was du willst?"

Hohlzahn sieht die beiden böse an „Das würde ich euch nicht raten! Ich bin zwar im Moment ganz klein, aber ich kann mich riesengroß aufblasen, und dann werde ich zum Monster. Ich bin nämlich ein Windmacher. Aber ich bin kein so harmloser, wie es sie manchmal bei euch Menschen gibt. Wenn ich mich aufblase, dann wird es ernst. Ein Sturm wird aufkommen, und ihr werdet euch nicht mehr halten können, sondern den Abhang hinunter in die Tiefe stürzen."

Die beiden jungen Frauen sehen sich an. „Das können wir nicht riskieren", findet Lena. „Ich denke, wir sollten diesem Berggeist folgen. Ich kenne das noch aus den Geschichten vom Rübezahl. Der hatte auch eine mächtige Gewalt und konnte Berge versetzen, wenn er wollte."

Laura nickt und sieht die Freundin ängstlich an. „Du hast recht. Wir müssen jetzt erst einmal gute Miene zum bösen Spiel machen. Ich hoffe, dass Ginster und Lorena nach uns suchen werden."

„Wohin wirst du uns bringen?" wendet sich Lena an den Kobold.

Hohlzahn kichert. „In meine Höhle natürlich, sie heißt Traurigkeitshöhle, und befindet sich tief im Gestein. Da ist es dunkel und feucht, und ihr könnt fühlen, dass viele Tonnen des Gesteins über euch liegen."

„Warum machst du das?" erkundigt sich Laura.

„Fragt ihr Menschen euch immer, warum ihr etwas tut?" stellt er ihr eine Gegenfrage.

„Bei so schwerwiegenden Entscheidungen schon. Also, warum tust du das?"

„Weil es mir Spaß macht“, antwortet er ungerührt.

„Und was sollen wir dort?“ möchte Lena wissen.

„Ihr könnt dort für mich etwas arbeiten, das passt mir sehr gut, denn ihr kommt mir gerade richtig, wie ein Geburtstagsgeschenk.“

„Und was sollen wir für dich tun?“ fragt Laura ängstlich.

„Das werdet ihr schon sehen“ antwortet er lässig und beginnt eine Melodie zu pfeifen.

Lena verzieht das Gesicht. „Kann man denn im Dunkeln arbeiten?“

„Du fragst zu viel“, bemängelt er. „Man kann im Leben nicht alles vorher wissen wollen.“

„Wann hattest du deinen Geburtstag?“ versucht es Laura noch einmal mit einer Frage.

„Gestern“ antwortet er knapp.

„Hast du ein Geschenk bekommen“, möchte Lena wissen.

Sein Gesicht wird dunkelgrün. „Nein!“

„Warum nicht?“ erkundigt sich Laura.

„Ich kenne niemanden, der mir etwas schenken will, und ich habe keine Freunde. Und wenn du jetzt weiterfragst, ob ich Freunde haben möchte, dann sage ich dir sofort: nein! Freunde können einen enttäuschen, und Freunde sind oft nicht das, was du erwartest. Sie erwarten viel von dir, aber wenn du sie brauchst, sind sie nicht da.“

Lena atmet tief. „Es gibt vielleicht den einen oder anderen Freund, der so ist, wie du ihn beschreibst, aber es sind nicht alle so. Es gibt auch wirklich gute Freunde. Doch vermutlich konntest du das noch nicht feststellen, weil du dich noch nicht darauf eingelassen hast.“

„Ich will mich auch auf nichts einlassen“, antwortet er patzig. „Und jetzt ist Schluss mit der ganzen Fragerei. Ihr folgt mir jetzt wortlos, oder ich werde einen großen Sturm aufkommen lassen. Dann seid nicht nur ihr in Gefahr, sondern alle Lebewesen, die sich hier oben befinden.“

Lena stöhnt. „Das wollen wir natürlich nicht zulassen.“

Beide Frauen folgen ihm nun still über die Geröllfelder bis zu einem niederen Buschwerk, hinter dem sich ein Höhleneingang befindet. Vorsichtig treten sie ein.

Überrascht stellen Laura und Lena fest, dass sie sich in einer Edelsteinhöhle befinden, die im hereinfallenden Licht leuchtet und glitzert.

*

Kapitel 6

„Hier ist es wunderschön", findet Lena und sieht sich staunend um. „Hier musst du dir ja vorkommen, wie in einem prachtvollen Schloss", wendet sie sich an den Kobold.

Hohlzahn geht nicht auf ihre Worte ein. „Ihr werdet euch jetzt dahinsetzen und könnt von euren Vorräten aus dem Rucksack essen. Wenn ihr Durst habt, könnt ihr aus dem Krug dort drüben etwas trinken, der auf dem kleinen Tisch steht. Das frische Quellwasser wird euch sicherlich gut schmecken. Und stört mich weiter nicht, denn ich muss arbeiten!"

Er setzt sich hin und schließt die Augen, und die beiden Frauen überlegen, ob er jetzt nachdenkt oder schläft.

Kurze Zeit später öffnet er die Augen. „Und denkt nur nicht, ich würde es nicht merken, wenn ihr versucht, aus der Höhle zu fliehen. Ich werde euch überall hin folgen und ein großes Unwetter inszenieren, eine Naturkatastrophe, unter der viele Menschen zu leiden haben. Wenn ihr dafür nicht verantwortlich sein wollt, dann bleibt lieber da sitzen!"

Laura seufzt und flüstert der Freundin ins Ohr. „Ich denke, wir müssen erst einmal tun, was er uns befiehlt."

„Ja, das denke ich auch", stimmt Lena zu. „Aber ich habe überhaupt keinen Hunger. Ich werde lieber die ganze Zeit darüber nachdenken, wie wir uns hier aus dieser Lage befreien können."

„Wir sitzen in einer ziemlichen Zwickmühle", findet Laura. „Meine Gedanken kreisen auch schon die ganze Zeit im Kopf herum, und ich finde keine Lösung. Ich hatte gehofft, dass wir mit ihm reden können, aber so weiß ich nicht, wie wir weiter vorgehen sollen."

„Mir geht es genauso", flüstert Lena zurück. „Ich hatte gehofft, dass man diesem Kobold nur gut zureden muss, und schon könnte er für uns Verständnis haben. Aber so? Da weiß ich mir auch keinen Rat."

„Ob wir vielleicht mal eine Weile abwarten, und ihn dann später doch noch mal ansprechen", schlägt Laura vor.

„Ich finde die Sache sowieso merkwürdig, er hat doch gesagt, wir müssten für ihn arbeiten. Aber bis jetzt sitzen wir nur da so herum und betrachten die Höhle. Vielleicht macht er jetzt auch nur eine Ruhepause und führt uns später zu einer Arbeitsstätte."

„Das ist natürlich auch möglich, vielleicht sollten wir uns bis dahin ein bisschen ausruhen. Wir haben ja keine Ahnung, was wir dann nachher schaffen müssen."

„Ja, das ist wahr. Wir sollten vielleicht jetzt schon alle Kraft sammeln für eventuelle schwere Arbeiten. Ich hoffe, wir müssen hier nicht die Steine abklopfen."

Die beiden Frauen machten es sich auf den Sitzkissen bequem, lehnen sich zurück und versuchen, sich etwas zu entspannen.

Eine ganze Weile lang sitzen sie so da und warten ab, aber es tut sich nichts.

Gegen Mittag öffnet Hohlzahn die Augen. „So, jetzt geht es an die Arbeit!" Er fordert Laura und Lena auf, sich zu erheben und ihm zu folgen. Mit einer Laterne in der Hand geht er voran bis tief in den Stollen hinein, in dem es trotz aller Edelsteine recht dunkel ist. Sie gelangen in einen großen Raum, in dem ein Tisch und mehrere Stühle stehen.

In der Mitte des hölzernen Esstisches entdecken die beiden Frauen eine große Schale mit Obst und eine kleinere mit verschiedenen Nüssen.

„Setzt euch und langt zu!" fordert er seine Gefangenen auf.

Sie folgen seiner Anweisung, bedienen sich zögernd an den gesunden Speisen.

„Und? Wie geht es euch jetzt?" fragt er emotionslos.

„Es ist alles in Ordnung", antwortet Lena. „Und wir danken dir für die gesunde Ernährung."

Er nickt. „Das ist gut, denn ich möchte, dass ihr hier für immer bleibt."

Die beiden Frauen erschrecken.

„Aber das geht nicht", antwortet ihm Laura. „Wir müssen wieder zurück, und wir haben noch sehr viel zu tun. Warum sollten wir denn hierbleiben?"

„Weil ich es so will", antwortet Hohlzahn mit fester Stimme.

„Das geht nicht." Lena sieht ihn mit einem bittenden Blick an. „Wir sind doch jetzt schon eine ganze Zeit bei dir gewesen und haben dir nicht viel geholfen. Ich hoffe, du bist vorher auch ganz gut ohne uns ausgekommen. Gerne tun wir jetzt etwas für dich, wenn du eine Arbeit für uns hast. Aber für immer können wir nicht hierbleiben, denn wir haben bei uns zu Hause noch sehr viel zu tun."

„Es geht nicht", antwortet der Kobold. „Und jetzt langt tüchtig zu, denn gleich geht es an die Arbeit!"

Seufzend folgen die beiden Frauen seiner Anweisung und knabbern weiter an den Nüssen, probieren von den frischen Aprikosen und den süßen Trauben.

Nach einer Weile räumt Hohlzahn den Tisch leer, bringt einen großen Korb mit Edelsteinen herbei und stellt ihn in die Mitte des Tisches. „Die blonde Frau soll die roten Steine heraussuchen und die dunkelhaarige Frau die grünen" befiehlt er, und Lena und Laura machen sich an die Arbeit, während er sich daneben setzt und zuschaut.

„Hattest du noch nie einen Freund", wagt sich Laura den Kobold zu fragen.

„Doch! Fledermausohr war früher mein Freund. Aber nachdem sich König Novo und Königin Galina gestritten haben, haben wir uns auf die Seite unserer Herrschaften geschlagen und uns ebenfalls verzankt. So läuft das nun mal in der Politik. Wenn sich die großen streiten, müssen die Kleinen stets darunter leiden. Sie ergreifen Partei für ihre Regenten und schon sind sie keine Freunde mehr."

„Aber man kann doch verschiedener Meinung sein, ohne sich gleich die Freundschaft zu kündigen", behauptet Lena.

Hohlzahn schüttelt den grünen Kopf. „Das geht nur in der Theorie. In der Praxis sind zu viele Emotionen damit verbunden. Und es gibt kaum jemanden der ohne Emotionen streiten kann."

„Es ist wirklich schwierig, vernünftig und konstruktiv zu streiten", gibt Laura zu. „Aber wenn wir es schaffen, König Novo und Königin Galina wieder zu versöhnen, wirst du dich dann auch wieder mit Fledermausohr versöhnen?"

Der Kobold nickt. „Ganz bestimmt, denn dann haben wir keinen Grund mehr, uns zu streiten."

„Das ist doch sehr schön", findet Lena. „Dann kannst du uns doch auch bald freilassen, damit wir uns um die Regenten kümmern können."

„Nein, das werde ich nicht tun", entgegnet Hohlzahn.

„Und warum nicht?" will Laura wissen.

„Ich gehöre zu den bösen Kobolden. Die muss es schließlich auch geben. Aber die müssen auch ihrem Namen alle Ehre machen."

„Alle Dinge haben doch zwei Seiten", versucht Lena, ihn zu bearbeiten. „Jeder Böse hat auch eine gute Seite. „Könntest du dich nicht einmal von deiner guten Seite zeigen?"

„Das habe ich schon", behauptet der Kobold. „Mit den Gefangenen, die ich nicht mag, verfahre ich sonst ganz anders. Die führe ich tatsächlich noch tiefer in die Höhle hinein und lasse sie dort Steine klopfen, tagelang. Ihr habt also schon die gute Seite von mir kennengelernt."

Lena staunt. „Das ist schön, dass du so freundlich zu uns bist. Wir würden dir gern danken, aber wir wissen nicht, wie. Die einzige Möglichkeit, die mir einfällt, ist, dass wir Galina und Novo versöhnen. Bestimmt hast du dann wieder mehr Spaß mit deinem Freund Fledermausohr."

„Ich will aber keinen Spaß haben", behauptet der Kobold. „Schließlich lebe ich hier in der Traurigkeitshöhle. Da hat Fröhlichkeit nichts verloren."

„Wer hat denn diese Höhle so genannt?" möchte Lena wissen.

„Fledermausohr hat sie so genannt, nachdem unsere Freundschaft zerbrochen ist."

„Da bist du aber jetzt in einem richtigen Teufelskreis drin", findet Laura.

„Das sehe ich auch so", gibt der Kobold zu. „Aber als böser Berggeist gehöre ich auch in diesen Teufelskreis hinein. Das ist doch ganz logisch."

„Nein", widerspricht ihm Lena. „Du könntest der Höhle einen anderen Namen geben."

Hohlzahn schüttelte den Kopf. „Es ist in dieser Höhle einsam und traurig und oft dunkel. Warum sollte sie dann einen anderen Namen haben?"

„Dann passten auch andere nette Berggeister hier gut hinein", erklärt die junge Frau. „Wir haben zum Beispiel einen Geist kennengelernt, der leuchtet wie eine Lampe. Wenn du ihn zum Freund hast, dann wird es hier nie mehr dunkel sein. Willst du dir das nicht noch einmal überlegen?"

„Ich werde jetzt erst einmal meinen Mittagsschlaf halten", teilt er ihnen mit. „Danach werden wir weitersehen."

Ohne sich auf weitere Worte einzulassen, setzt er sich auf einen Stuhl, lehnt sich zurück, schließt er die Augen, und schläft ein.

Als Hohlzahn tief schläft und schnarcht, entdecken sie, dass außer ihnen noch weitere Wesen im Raum sind.

Mit großer Erleichterung stellen sie fest, dass Ginster im Zimmereingang steht und auf seinem Kopf die kleine Elfe Lorena sitzt.

Beide Frauen stehen leise auf und wenden sich ihren Freunden zu.

Lena atmet auf und flüstert. „Was bin ich froh, dass ihr gekommen seid. Der böse Kobold drohte uns schon an, uns für immer hier zu behalten."

„Kommt erst einmal mit heraus!" antwortet Lorena. „Draußen können wir dann weiter darüber reden."

Die beiden Frauen nehmen ihre Rucksäcke und folgen ihren Rettern, dem leuchtenden Ginster und der freundlichen Elfe durch die langen Gänge hinaus bis ins Freie.

Draußen angekommen wendet sich Laura ängstlich an die Freunde. „Wenn Hohlzahn jetzt aufwacht, wird er uns hinterherlaufen und eine große Naturkatastrophe verursachen. Das hat er uns bereits angedroht. Er berichtete uns, dass er sich ganz groß aufblasen kann und dann fähig ist, einen Sturm hervorzurufen."

Ginster kichert. „Er hat wirklich viel Fantasie, dieser böse Kobold. Aber offensichtlich mag er euch, wenn er sich sonst andere Personen einfängt, dann lässt er sie tatsächlich in der Höhle einige Tage lang Steine klopfen."

„Wieso hat er viel Fantasie?" erkundigt sich Lena. „Stimmt das etwa nicht mit dem Sturm?"

Der leuchtende Kobold lacht. „Bei euch Menschen gibt es doch auch bestimmt einige, die sich ständig aufblasen müssen und große Dinge über sich selbst erzählen. Personen, die glauben, alles zu wissen und alles zu können. So einer ist auch Hohlzahn. Er kann sich weder aufblasen, noch kann er einen Sturm verursachen. Aber manchmal ist er doch recht biestig zu den Leuten, die er nicht mag."

„Dann tut er mir jetzt ziemlich leid", findet Laura. „Er wird enttäuscht sein, wenn wir weg sind."

Die kleine Elfe nickt. „Ja, das wird er auf jeden Fall, denn er ist nicht gern allein. Deshalb entführt er auch immer wieder alle möglichen Wesen, die seine Fantasiegeschichten glauben."

„Wenn wir Glück haben, und es schaffen, Galina und Novo zu versöhnen, dann wird er sich auch eher wieder mit seinem Freund Fledermausohr zusammentun. Dann ist er nicht mehr allein", hofft Laura. „Und deswegen möchte ich jetzt so schnell wie möglich zu dem Tannenwald gelangen."

*

Kapitel 7

„Ich muss euch jetzt wieder verlassen“, eröffnet Ginster seinen neuen Freunden. „Aber ich helfe euch gern wieder, wenn ihr in einer Klemme seid. Wie ihr euch denken könnt, hat mich Lorena gerufen, um euch zu suchen.“

Die kleine Elfe lächelt. „Es hat mir doch keine Ruhe gelassen. Da ich sehr schnell fliegen kann, wie ihr ja bekanntlich wisst, habe ich während meiner Arbeiten einmal eine kurze Pause eingelegt, um nachzuschauen, wie es euch geht. Und mein Freund, der Hund Biggi, hat eure Spuren aufgenommen, die zur Höhle führten.“

Laura schaut sich um. „Ich sehe keinen Hund. Wo ist er jetzt?“

„Er ist wieder beim Rettungsteam in der Hütte der Bergwacht. Biggi ist ein Bernhardiner, und da wir befreundet sind, half er mir, euch zu suchen. Aber als er uns Bescheid gab, dass eure

Spuren in die Höhle fuhren, sandten wir ihn mit Dank wieder zurück, weil er dort bei der Bergwacht bei Fuß sein muss."

„Das kann ich gut verstehen", meint Lena. „Wie gut, dass es solche Hunde gibt. Ihr habt alle sehr gute Freunde, stelle ich fest. Da tut mir Hohlzahn wirklich leid, wenn er sich so einsam fühlt."

„Da muss er sich nicht wundern", findet Ginster. „Er hat auch schon allerlei angestellt. Da misstrauen ihm viele. Er erfindet nämlich oft solche Gruselgeschichten, um andere das tun zu lassen, was er will".

„Das ist wirklich nicht nett von ihm," bemerkt Laura. „Dann ist er ein Kobold, der sehr aus der Reihe fällt."

Der Berggeist grinst erneut. „Nun ja, ich kenne solche Menschen auch bei euch, die Gruselgeschichten erzählen, damit sich andere fürchten. Und ich kenne auch Menschen, die mit viel Fantasie Geschichten erzählen, damit andere genau das tun, was sie wollen. Letztendlich gibt es doch ziemlich viele Ähnlichkeiten zwischen manchen Menschen und einigen Kobolden."

„Du hast recht", gibt die junge Frau zu. „So weit habe ich jetzt gar nicht gedacht. Man sollte wirklich erst einmal lange nachdenken, bevor man etwas sagt, besonders wenn man ein Urteil abgeben will."

Ginster verabschiedet sich von seinen Freunden und verschwindet so schnell wie ein leuchtendes Glühwürmchen.

„Ich werde euch lieber noch bis zu dem kleinen Tannenwald begleiten", verkündet Lorena. „Wer weiß, was euch sonst noch begegnet?! Und da ihr bis jetzt noch keine Erfahrung mit vielen Berggeistern gemacht habt, ist es besser, ich stehe euch noch ein Weilchen mit Rat und Tat zur Seite. Jedenfalls werde ich euren Weg bis zum Sommerlager des Königs begleiten."

Die beiden Frauen nehmen die Hilfe der kleinen Elfe erfreut an.

„Tatsächlich haben wir uns das etwas einfacher vorgestellt", gesteht Lena. „Die Berge sehen immer so schön und paradiesisch aus, wenn man sie von weitem sieht. Es ist ein so zauberhaftes Panorama. Aber dass es darin so viel Leben gibt, so viel unterschiedliche Geister und Energien, das hätten wir uns niemals träumen lassen."

Lorena lächelt. „Und doch ist alles so ähnlich wie bei euch. Die Natur lebt, und das sind nicht nur die Bäume und die Gräser, sondern auch die Steine und das Wasser."

Laura reißt die Augen auf. „Jetzt sag mir nicht, dass es auch noch im Wasser Geister gibt!"

„Natürlich gibt es die. Hast du noch nie etwas von Nixen oder Neptun oder Poseidon gehört. Kennst du nicht die Meereswirbel bei den äolischen Inseln und anderswo. Auch das Wasser lebt auf seine magische Art und Weise.“

Die junge Frau staunt. „Die Gletscher und die Wildbäche auch?“

„Es sind nicht nur die Amöben, die ihr Menschen einmal vor langer Zeit im Wasser entdeckt habt. Da gibt es noch viel, viel mehr, und die ganze Natur steckt voller Geheimnisse.“

„Wenn man das weiß, dann ist man bemüht, noch viel achtsamer zu sein“, findet Lena. „Ich hoffe, wir werden hier die Geister nicht zu sehr stören.“

„Ihr seid es nicht, die hier stört“, weiß die Elfe. „Es sind die vielen Touristen, die sich leider häufig nicht zu benehmen wissen.“

Laura nickt. „Deswegen müssen wir da auch unbedingt schnellstens Abhilfe schaffen. Ich werde darüber nachdenken."

Gemeinsam mit Lorena wandern die beiden Frauen weiter an den steilen Bergwänden vorbei über einige Hochalmen, deren Wiesen gerade in Blüte stehen.

Kräuter und Blumen senden ihre herben und süßen Düfte ab und locken mit ihren leuchtenden Farben die Insekten, unter anderem besonders viele tanzende, bunte Schmetterlinge, herbei.

Nach einer Stunde entdecken die Wanderer ein Wäldchen aus schlanken dunkelgrünen Tannen, deren herber Duft ihnen schon von weitem aromatisch entgegen strömt.

„Gleich wird euch hier das Murmeltier Porta begrüßen", verrät Lorena. „Sie ist die Wächterin und entscheidet, ob ihr den König sehen dürft oder nicht."

100

Kaum hat sie ihre Worte ausgesprochen, erscheint das putzige Tierchen und stellt sich vor ihnen auf.

„Guten Tag, ihr Wanderer! Wer seid ihr und was wollt ihr hier?"

„Wir sind zwei Urlauberinnen. Meine Freundin heißt Laura und ich bin die Lena", erklärt die junge Frau. „Wir möchten den König Novo sprechen, denn wir hoffen, ihm helfen zu können."

Das Murmeltier verdreht die Augen. „Einem König helfen? Hoffentlich bildet ihr euch da nicht zu viel ein! Ein König der Berggeister weiß, was er tut, und hört im Allgemeinen nicht auf menschliche Ratschläge."

„Im Allgemeinen vielleicht nicht", antwortet die junge Frau. „Aber es geht auch um besondere Dinge, um den Schutz dieser Berge, der sicher auch sein Anliegen ist."

„Na schön! Das hört sich einigermaßen vernünftig an. Habt ihr denn auch den Schlüssel, denn jeder, der hier herein möchte, muss einen Schlüssel als Pass vorzeigen."

Beide Frauen zeigen ihren Schlüssel, den sie an ihrer Kette aus Binsen tragen.

Porta zeigt ein zufriedenes Gesicht. „Also gut, diese Voraussetzung habt ihr schon einmal erfüllt. Aber nun müsst ihr mir auch noch zwei Fragen beantworten, sonst kann ich euch nicht weitergehen lassen."

„Wir wollen es versuchen", antwortet Laura und sieht das Murmeltier fragend an.

Porta beginnt: „Es geht um die Blumen mit Namen „Himmelschlüssel", die überall, aber hier ganz besonders, eine große Bedeutung haben. Meine Frage an dich lautet: „Manche Menschen verwenden diese Pflanze auch zur Ernährung, nicht nur als Heilpflanze.

Kannst du mir sagen, ob man beides essen kann, die Blüte und die Blätter?"

Die junge Frau überlegt, aber sie weiß darüber nicht Bescheid. Blitzschnell fliegt Lorena auf Lauras Schultern und flüstert ihr etwas ins Ohr, sodass die Gefragte antworten kann: „Man kann beides essen, und es gibt Menschen, die die Blüten kandieren und als Süßspeise verzehren. Die Blätter werden auch im Salat verwendet, und am besten schmecken sie, wenn sie noch ganz jung sind."

Das Murmeltier nickt zustimmend. „Das hast du ganz richtig gesagt. Du hast also schon einmal dein Rätsel gelöst. Und nun bist du dran", wendet sich Porta an Lena. „Deine Frage lautet: „Wo fühlt sich die Blumen Himmelschlüssel am wohlsten? In der Sonne oder im Schatten?"

Die junge Frau überlegt, aber sie weiß es nicht. Ob diese Blume die Sonne mag, weil sie so wunderschön gelb ist? Doch bevor sie ihre Vermutung aussprechen kann, hört auch sie Lorena Worte in ihrem Ohr und spricht sie aus. „Diese Pflanze liebt es, wenn sie im Halbschatten oder aber auch im Schatten lebt. Und das weiß nicht jeder, denn man erwartet, dass diese Blume die Sonne liebt, weil sie selbst so sonnengelb ist."

Das Murmeltier lächelt. „Auch du hast deine Frage richtig beantwortet und bist daher berechtigt, unser Reich zu besuchen." Sie nimmt einen Stempel, der aussieht wie eine Schlüsselblume und drückt beiden Frauen einen gelben Abdruck aus gelber Farbe auf den Handrücken. „Der hält jetzt 64 Stunden", erklärt sie. „Und wenn ihr irgendwo einer Wache begegnet, dann zeigt einfach diesen Stempel vor, und niemand wird euch behelligen."

Die beiden Frauen bedanken sich bei dem freundlichen Murmeltier und sehen, dass es nach einer kurzen Verabschiedung umgehend in seiner kleinen Erdhöhle verschwindet.

„So, jetzt muss ich aber wieder weiterfliegen", teilt ihnen Lorena mit. „Und ich hoffe, ihr kommt jetzt zurecht. Mit diesem Stempel habt ihr nun genügend Zeit, den König zu besuchen. Hier oben sitzt er nicht auf einem Thron, sondern auf einem Baumstamm, und ihr erkennt ihn an einer kleinen Baumkrone, die er auf dem Kopf trägt."

Laura staunt. „Einer Baumkrone? Aber ist das nicht viel zu schwer?"

„Sie ist nicht sehr groß", antwortet die kleine Elfe schmunzelnd. „Sie ist nicht größer als ein Hirschgeweih. Aber hier in der Natur sieht eben alles ein bisschen anders aus, und hier oben befindet sich König Novo in seiner

Sommerresidenz, da geht alles ein bisschen leger zu."

Lena freut sich. „Das ist gut, wenn hier alles locker zugeht, dann haben wir vielleicht auch die Chance, mit dem König auf freundschaftliche Art und Weise reden zu können."

„Probiert es einfach!" rät Lorena und verabschiedet sich. „Ich werde immer mal ab und zu auftauchen. Denn ihr wisst ja, ich kann sehr schnell fliegen."

„Das hat uns vorhin schon einmal gerettet", antwortet Laura und bedankt sich bei dem Zauberwesen. „Es ist beruhigend, zu wissen, dass wir nicht allein sind, denn schließlich könnten wir hier auch noch dem Kobold Fledermausohr oder dem Zauberer Misto begegnen."

„Das wird jetzt hier sicherlich nicht passieren", weiß Lorena. „In diesem Fleckchen, in dem sich König Novo gerade aufhält, gibt es unzählige Vögel, die von oben den Himmelsraum über diesem Gebiet bewachen. Und nah über der Erde tanzen Feen, die ihr gerade nicht sehen könnt, weil sie um diese Zeit unsichtbar sind. Erst am späten Nachmittag, wenn die Nebel heraufziehen, könnt ihr sie mit euren menschlichen Augen erkennen."

Lena staunt. „Das ist fantastisch. Dann wollen wir dich auch nicht länger aufhalten. Einen guten Flug und viel Erfolg für all deine Erledigungen!"

„Das wünsche ich euch auch ganz besonders!" flötet Lorena und fliegt davon.

*

Kapitel 8

Die beiden jungen Frauen finden den König der Berggeister, der mitten in einer kleinen Waldlichtung auf einem Baumstamm sitzt und liest. Auf dem Kopf trägt er eine kleine, grün belaubte Baumkrone, gekleidet ist er in ein langes glitzerndes Gewand.

Lena und Laura bleiben in einiger Entfernung stehen, um den König nicht bei seiner Lektüre zu stören. Doch er scheint sie schon bemerkt zu haben und hebt den Kopf, der ein menschliches Aussehen trägt.

„Kommt nur näher, ihr beiden! Meine Leute haben euch bereits angekündigt!" fordert er die beiden auf.

Lena betrachtet das schillernde Gewand des Regenten. „Wir sind etwas unsicher. Wir wissen nicht, wie wir Eure Hoheit anreden sollen und ob es vielleicht angebracht ist, einen Knicks zu machen."

Novo schmunzelt. „Nein, so förmlich sind wir hier nicht. Ich sage zu euch Du, und ihr macht es genauso. Der Respekt drückt sich bei uns nicht in Floskeln, sondern im Benehmen aus. Und im Übrigen müsst ihr nicht denken, dass ich ein teures Gewand trage. Das, was hier so glitzert an meinem Kleid, das ist der Glimmer-Schiefer, man nennt dieses Gestein auch Katzengold. Ihr dürft also ganz formlos näherkommen und mir vortragen, was ihr auf dem Herzen habt."

Die beiden Frauen treten vor ihn hin, und Lena beginnt: „Zunächst einmal möchten wir dich begrüßen, aber auch beglückwünschen zu diesem herrlichen Land. Sicherlich hast du damit viel Verantwortung und auch viel zu tun. Aber uns ist auch zu Ohren gekommen, dass es hier Probleme gibt, die mit

Streitigkeiten zusammenhängen und beseitigt werden könnten.“

„Ihr sprecht sicher auf den Streit zwischen Galina und mir an“, vermutet der König. „Das ist richtig, da verhält es sich bei uns so, wie bei dem Dominospiel, dass ihr sicher auch kennt: Wenn ein Stein umfällt, fallen alle. Ich bin auch darüber informiert, dass sich deswegen auch Hohlzahn und Fledermausohr nicht mehr verstehen. Ich finde es auch nicht nur betrüblich, sondern äußerst gefährlich, weil auf diese Art und Weise auch mal aus einem kleinen Streit eine Riesensache werden kann. Aber leider, leider liegt eine Beendigung des Streites mit Galina nicht in meiner Macht. Ich habe sie schon oft gebeten, mir doch wieder die Hand zu reichen. Manches Mal habe ich versucht, sie zum Frieden zu überreden, aber alles Bitten und Betteln hat nicht gefruchtet.“

„Davon haben wir auch gehört", bekennt Laura. „Aber wir sind der Meinung, dass man auch weiter nichts unversucht lassen darf, um einen Frieden wiederherzustellen. Deswegen haben wir uns überlegt, dass wir mithelfen müssen, weil Außenstehende oft bessere Chancen haben, von den Beteiligten angeführt zu werden. Wir möchten so eine Art Friedensbotschafter werden."

Novo nickt bedächtig. „Das wäre zu schön. Aber es hat sich auch in der Geschichte der Erde gezeigt, dass es immer wieder Wesen gibt, die gar nicht daran interessiert sind, in Frieden zu leben."

„Ist denn Königin Galina ein solches Wesen, das den Streit liebt?" fragt Lena vorsichtig.

„Der König schüttelt den Kopf. „Nein. Das ist sie nicht. Sie lebt mit ihrem Volk in schönster Eintracht. Sie wird von den

Kobolden geliebt, und sie liebt die Wesen, die sie umgeben. Aber sie kann mir wohl nicht verzeihen. Sie scheint nachtragend zu sein."

„Wie war das denn damals gewesen?" möchte Laura wissen.

„Leider war ich damals der Schuldige. Ich war gegen die Einrichtung des Meggima-Sees, weil ich mir einfach nicht vorstellen konnte, dass er sich gut in die Landschaft einfügen würde. Wenn man ihn heute sieht, kann man ihn sich gar nicht mehr wegdenken, und man glaubt, er sei schon ewig hier gewesen."

„Und dann hast du den Bau boykottiert?!" stellt Lena die rhetorische Frage.

„Ja, und das hatte sogar einen Grund, einen, den niemand weiß."

Laura sieht ihn bittend an „Willst du uns darüber etwas erzählen?"

Der König seufzt und nickt. „Wenn ihr schon so freundlich seid, und mir hier helfen wollt, dann ist es wohl besser, wenn ich mein Geheimnis lüfte. Es ist eine lange Geschichte, und sie ist auch ein bisschen traurig: Einige Jahrzehnte ist es schon her, da kam ein Mann, mit Namen Leonardo, aus dem Süden hierher in diesen Ort Mühlwald, denn sein Chef hatte ihn hierher beordert. Während er hier arbeitete, kam ein junges Mädchen mit Namen Elisabeth weit her vom Norden, und an einem Sommertag im August entdeckte er sie, als sie gerade hier mit ihren Eltern Urlaub machte. Als er sie sah, verliebte er sich in sie, und er wollte sie unbedingt kennenlernen. Daher nutzte er einen Augenblick, als sie ganz allein war, und er sah sie an, ganz ernst, und seine Augen sprachen zu ihr. Als sie in seine Augen sah, verliebte sie sich ebenfalls in ihn, und beide wussten in diesem Moment, dass sie sich nie wieder verlieren wollten. Deswegen tauschten sie ganz schnell ihre Adressen, um eine Verbindung halten zu können." Novo macht eine kleine Pause und sieht in eine unbekannte Ferne.

Die Augen des Königs leuchten ein wenig, als er fortfährt. „Bevor Elisabeth dieses Land hier verließ und wieder nach Norden fuhr, gönnte ihm das Schicksal eine Viertelstunde, in der sich die Verliebten allein sehen konnten. Beide hatten das Gefühl, als hätte sie das Schicksal aus einem wichtigen Grund zusammengeführt, denn sie spürten, dass sie von einem magischen Band voneinander angezogen wurden. So geschah es auch, dass sie sich in der, nach frischgemähten Bergwiesen duftenden, Sommernacht bei Vollmond trafen und küssten, um ihre Liebe zu besiegeln. Doch ihnen war nur eine kurze Zeit, nur dieser kurze Augenblick gegeben, und die Trennung folgte am anderen Tag mit großen Schmerzen. Während Elisabeth die vielen Stunden in den Norden zurückfuhr, weinte sie unentwegt. Erst als zwei Tage später Post von ihrem Liebsten kam, trocknete sie ihre Tränen und freute sie sich über das Glück, die große Liebe gefunden zu haben. Von da an schrieben sie sich täglich, ein halbes Jahr lang. Zuvor an Weihnachten schickten sie sich Ringe und verlobten sich. Als dann im späten Winter Leonardo eines Tages nicht mehr schrieb, brach für Elisabeth eine Welt zusammen, und sie befürchtete, an gebrochenem Herzen zu sterben. Tatsächlich hatte ihr Verlobter ein kurzes Techtelmechtel mit einem anderen weiblichen Feriengast gehabt, aber er merkte sofort, dass er Elisabeth mehr liebte und nicht vergessen konnte. Daher meldete er sich zu Ostern bei ihr und bat seine Verlobte um Verzeihung. Er gestand ihr alles, zeigte sich reumütig und hatte die Hoffnung, mit Elisabeth ganz neu anfangen zu können. Die junge Frau, die ihn immer noch liebte, war sich nicht ganz sicher, ob sie ihm eine zweite Chance geben sollte, denn sie fühlte sich verletzt und traute ihm nicht mehr. Doch schon bald merkte sie, dass sie ihn immer noch liebte, und so führten beide diese Fernbeziehung bis zum Sommer fort. Zu dieser Zeit fanden die beiden Gelegenheit, die Ferien miteinander zu verbringen, und wollten feststellen, ob es eine Zukunft für sie geben könnte. Leonardo machte seiner Braut erneut einen Heiratsantrag, doch sie zögerte und wartete erst einmal ab, wie er sich weiter verhalten würde. Ihr Verlobter war ein sehr schöner und viel begehrter Mann, und Elisabeth bemerkte, wie viele junge Frauen sich für ihn interessierten und auch mit ihm flirteten. Ihm schien es zu gefallen, aber die junge Frau, deren Vertrauen zu ihrem Bräutigam noch nicht wieder stark genug war, fürchtete, von ihm wieder enttäuscht zu werden. So sagte sie ihm am letzten Urlaubstag, sie könne ihn nicht heiraten. Nun war Leonardo fassungslos und konnte die

Entscheidung seiner Braut nicht begreifen. Er war gekränkt, enttäuscht und verletzt, und deshalb brachte er sie auch nicht zum Zug, als sie wieder in den Norden fuhr. Da war diese Geschichte erst einmal zu Ende."

„Das klingt wirklich sehr traurig", findet Lena. „Aber deswegen wolltest du hier diesen See nicht haben? Ich sehe da keinen Zusammenhang."

„Die beiden hatten sich hier kennengelernt, und von ihrer Liebe ist eine ganze Menge Sternen-Staub hier in Mühlwald und der Umgebung zurückgeblieben. Die beiden haben sich kennengelernt, gerade als der Stausee gebaut wurde. Aber den Meggima- See, den gab es noch nicht. Ich wollte den Bau dieses Gewässers verhindern, weil ich dachte, das zerstört den Liebeszauber der beiden Verlobten, die sich zwar getrennt aber nicht entlobt hatten. Ich hoffte, dass die beiden wieder an diesen Ort zurückkämen und endlich zu ihrer tiefen und innigen Liebe stünden. Deshalb wollte ich auch unbedingt daran festhalten, dass in der Landschaft alles so blieb wie zu der Zeit, als sich die beiden Verlobten kennengelernt hatten. Ich dachte, so ein künstlicher See macht die Gegend hier hässlich, und dann kommen Elisabeth und Leonardo nie wieder her."

„Sind sie denn wiedergekommen?" möchte Lena wissen.

„Elisabeth kam eine Zeit lang später, als sie einen anderen Mann geheiratet und bereits zwei Kinder hatte, und sie dachte wehmütig an den Anfang dieser besonderen, lange zurückliegenden Liebesgeschichte. Sie spürte, dass sie ihren Verlobten immer noch genauso liebte, wie am Tag ihres Kennenlernens. Leonardo kam etwas später nach Mühlwald, da war er auch schon eine Weile verheiratet und hatte einen Sohn. Er wollte Elisabeth unbedingt vergessen und war wütend auf sie, weil sie ihn so verletzt hatte. Er sah sich auch zurückgewiesen und gedemütigt vor seinen damaligen Kollegen, die die Geschichte mitverfolgt hatten. Immer wieder versuchte er, seine erste Braut zu vergessen."

„Das ist eine traurige Geschichte", findet Laura.

„Sie ist noch nicht zu Ende", fährt König Novo fort. „Elisabeth hatte zu der Zeit, als ihre Kinder schon groß waren, und ihre Ehe auseinandergegangen war, mehrere Engelsbotschaften gesehen und gehört, die ihr rieten, mit Leonardo Kontakt aufzunehmen. Sie wusste nichts von ihm, nicht, wo er wohnte und nicht was er machte. Aber das Schicksal spielte ihr, über eine fremde Person, seine Telefonnummer in die Hände, und sie wagte es, ihren früheren Verlobten anzurufen. Da war es für beide, als habe der Himmel eine ganz besondere Sternstunde für sie erschaffen, und sie schworen sich jetzt, sich nicht noch einmal aus den Augen zu verlieren. Von da an schrieben sie sich wieder jeden Tag, wie zu alten Zeiten. Doch beide waren an andere Partner gebunden, von denen sie nicht verstanden wurden. Trotzdem beschlossen sie, auf dem Papier eine Herzensehe einzugehen, die für immer halten sollte. Zwanzig Jahre schenkte das Schicksal den Liebenden, und bevor Leonardo, der einige Jahre älter war als Elisabeth, diese Erde hier verließ, trafen sie sich als alte Leute und stellten fest, dass sie sich noch viel mehr liebten als jemals zuvor. Bei einem solchen Treffen schwor der Liebende seiner Herzensbraut, dass er auch über dieses Leben hinaus für alle Zeit der Ewigkeit mit Elisabeth zusammenbleiben wollte. Der Himmel schenkte ihnen noch einige unvergessliche Sternstunden, die sie aber nicht hier in Mühlwald, sondern weiter im Süden verbrachten, dort, wo Leonardo zuletzt wohnte."

Laura seufzt. „Das ist doch noch ein bisschen Happy End", findet sie gerührt. „Dann sind die beiden doch noch glücklich geworden."

Der König nickt. „Ja, und ich habe eingesehen, dass die Liebe der beiden mit dem Bau des Meggima-Sees überhaupt nichts zu tun hatte. Wenn das Schicksal es so will, und zwei Liebende sich finden sollen, dann können die Menschen das weder beschleunigen noch verhindern, aber daran auch zum Glück auch nichts ändern."

Lena staunt. „Und Königin Galina weiß gar nichts von der Geschichte?"

„Nein, sie war zu dieser Zeit bei einer kranken Tante, die sie pflegte. Sie hat Leonardo und Elisabeth gar nicht kennengelernt, denn als die beiden später getrennt voneinander noch einmal hier waren, fielen sie unter den übrigen Touristen gar nicht weiter auf."

„Und diese Geschichte hast du ihr auch nicht erzählt?“ fragt Lena ungläubig. „Warum denn nicht?“

„Ich habe gedacht, dann hält sie mich für zu sentimental. Ich wollte mich vor ihr nicht lächerlich machen.“

Laura stöhnt. „Ach du liebe Zeit! Das ist ja noch schlimmer bei euch als bei uns Menschen. Bei uns fangen die Männer langsam an, ihre Gefühle zu zeigen und dazu zu stehen und sich dabei trotzdem männlich zu fühlen. Aber hier bei euren Traditionen ist es in dieser Hinsicht dann doch noch sehr rückständig. Sicherlich würde sich Königin Galina sehr freuen, wenn du ihr zeigst, wie sensibel und gefühlvoll du bist.“

König Novo staunt. „Wirklich? Lacht sie mich da nicht aus, wenn sie diese Geschichte hört?“

„Ganz bestimmt nicht“, versichert ihm Lena. „Du hast gesagt, dass sie ihre Kobolde liebt und von ihnen geliebt wird. Wenn das so ist, ist sie mit Sicherheit auch eine sensible und liebenswerte Person."

„Aber warum will sie sich nicht mit mir versöhnen? Warum konnte sie mir nicht verzeihen, dass ich die Bauzeit des Meggima-Sees mit meinen Blockaden verlängert habe?"

„Wahrscheinlich hat sie gedacht, dass du ihr schaden willst und dass du sie nicht magst, wenn du sie boykottierst", vermutet Laura.

Der König überlegt. „Daran habe ich noch nicht gedacht. Ich mag Galina sehr gern. Schon sehr viele Jahre hege ich Gefühle für sie, und vor langer Zeit wollte ich auch schon einmal mit ihr darüber reden. Aber dann kam diese ganze Geschichte, die alles zerstörte."

„Es ist nie zu spät", findet Lena. „Dieses Tal ist hier so wunderschön, und man muss alles daransetzen, es auch so schön zu erhalten."

„Ja, das stimmt, aber seit der Zauberer Misto unsere Kaiserin Zara in eine Gams verwandelt hat, sind sich alle hier ein bisschen uneinig geworden, alle Geister hier.“

„Wir haben davon gehört, dass in der Höhle dieses Zauberers ein Dokument liegen soll, auf dem ein wichtiger Losungssatz steht“, berichtet Laura. „Den würden wir gerne holen.“

„Um einen Eintritt in die Höhle zu erhalten, muss man eine Frage beantworten können, aber am besten wäre es natürlich, wenn man Misto helfen könnte, den verlorenen Schatz seines Freundes Rauputz zu suchen. Die beiden zerstrittenen Freunde könnten sich wieder versöhnen und alle wären nicht mehr so böse aufeinander. Dann wäre Misto sicher auch bereit, euch hereinzulassen und euch den Losungssatz für Zara auszuplaudern.“

„Das ist wirklich alles sehr kompliziert“, antwortet Lena seufzend. „Hier ist wirklich alles miteinander verzwickt und verstrickt, das ist ja schlimmer als in einem Labyrinth. Wenn man etwas erreichen will, muss man vorher erst einmal viele andere Dinge erledigt haben.“

König Novo schmunzelt. „Im Leben der Menschen ist es nicht anders, da hängt auch jeder von jedem und alles von allem ab. Hier kannst du es dir auch so vorstellen wie im Wald, wie in diesem Wald, in dem ich jetzt hier gerade sitze. Die Bäume kommunizieren miteinander, und selbst die Pilze, die darunter wachsen haben den Kontakt zu den Bäumen und allen anderen Pflanzen. Oben, über dem Boden, da sieht es vielleicht noch ganz harmlos aus, aber unten in der Erde, da verständigen sich alle Wurzeln. Ganz unten, wo alle Wurzeln miteinander verbunden sind, da liegen die Geheimnisse.“

Lena seufzt ebenfalls. „Es hört sich zwar alles sehr schwierig und kompliziert an. Aber wir wollen es trotzdem versuchen. Haben wir von dir die Erlaubnis, mit Königin Galina zu sprechen? Und dürfen wir ihr auch deine Geschichte von Elisabeth und Leonardo erzählen? Dieses große Missverständnis zwischen euch beiden, dir und der Königin, das muss endlich auch geklärt werden.“

Einen Moment lang überlegt der König, dann fasst er einen Entschluss. „Ich bin damit einverstanden, dass ihr beide in meinem Namen zu Galina geht. Bitte fragt sie zuerst, ob sie das klärende Gespräch mit mir persönlich führen will. Wenn sie das nicht tut, dann dürft ihr all das weitererzählen, was ich euch berichtet habe.“

Die beiden Frauen freuen sich und bedanken sich bei dem König für das Vertrauen.

„Wir werden, wie du schon am Anfang sagtest, den nötigen Respekt walten lassen. Ist die Königin auch so jovial wie du, oder gibt es da Regeln und Rituale in ihrem Reich", erkundigt sich Laura.

„Bei Galina ist alles genauso unkompliziert wie bei mir und wie überall hier in diesem Tal. Da gibt es keinen höfischen Schnickschnack, denn schließlich leben wir hier in der Natur, die einfach, klar, aber trotzdem schön ist."

„Sollen wir der Königin noch etwas Besonderes von dir ausrichten?" erkundigt sich Lena.

„Nein, das ist nicht nötig. Wenn sie bereit ist, mit mir zu sprechen, dann habe ich ihr sehr viel zu sagen."

„Dann bedanken wir uns bei dir für dein offenes Ohr und wünschen dir weiter viel Gelingen für all deine Projekte!", wünscht ihm Laura und die beiden

Frauen verabschiedeten sich von dem freundlichen Regenten.

*

Kapitel 9

Nachdenklich spazieren die beiden Frauen aus dem Tannenwald heraus.

Lena atmet tief auf. „Das sind alles so tragische Geschichten. Zara liebt ihren Leo, den Fürsten, ist aber verzaubert und kann sich nur im Mondlicht bei Vollmond mit ihm treffen. Der König Novo hat offensichtlich starke Gefühle für die Königin Galina, und sie möglicherweise auch für ihn, weil sie ihm seine Schandtaten nicht verzeiht. Aber zwischen diesen beiden gibt es ein Missverständnis, weil der König sich nicht traute, die traurige Geschichte von Leonardo und Elisabeth zu erzählen, die beide offensichtlich auch falsche Entscheidungen getroffen haben. Wenn diese beiden Verliebten früher zu ihrer Liebe gestanden hätten, vielleicht sogar ein bisschen dafür gekämpft hätten, dann wären sie möglicherweise auch zu ihren Lebzeiten noch viel mehr und viel länger glücklich gewesen. Man sieht immer wieder, wie schlecht es doch ist, wenn man sich nicht ausspricht. Auch das Zerwürfnis zwischen Hohlzahn und Fledermausohr könnte geklärt werden, wenn sie sich nicht so sehr von ihren politischen Parteien abhängig machen ließen, sondern stattdessen ein bisschen miteinander redeten. Und irgendwie bin ich auch ganz sicher, dass die beiden Brüder Misto und Habbel ein offenes Gespräch brauchen. Sie können sich doch nicht einfach böse sein, nur, weil einer lediglich ein Auge hat und der andere zwei."

„Auch das gibt es bei den Menschen. Da streiten sich etliche, weil einer das hat, was der andere nicht hat. Wenn man das alles hier so bei diesen Bergwesen sieht, dann möchte man sofort eingreifen und sagen: Warum findet ihr keine Lösung? Die könnte doch so einfach sein. Aber die Menschen machen es genauso und sehen vor lauter Bäumen den Wald nicht. Man müsste alle Wesen einmal in eine Kommunikationsschule schicken, damit sie sich besser miteinander verständigen und sich nicht immer gleich zerstreiten."

„Streiten darf man ja, aber man muss richtig und konstruktiv streiten", findet Lena, „und vor allen Dingen ohne zu viel Emotionen. Und bei all diesen Paaren hast du auch noch Rauputz und Misto vergessen. Bestimmt ist es auch ein Missverständnis, da ist es nicht gut, wenn einer den anderen einfach ohne Grund verdächtigt. Bei dieser Sache gibt es wohl auch Klärungsbedarf."

Laura schmunzelt. „Meinst du etwa, wir müssen dort überall vermitteln? Ich glaube, dazu reicht unser ganzer Urlaub nicht."

„Nein, ich habe nicht vor, alle Streithähne persönlich anzusprechen. Ich denke, wenn die Großen mit gutem Beispiel vorangehen, dann werden sich die anderen auch bemühen. Ich hoffe nur, dass es bis dahin nicht noch zu größeren Naturkatastrophen kommt, denn mit Rauputz und Misto ist ja nicht zu spaßen, wie wir gehört haben."

„Trotzdem müssen wir die Ruhe bewahren, auch wenn jetzt alles so kompliziert aussieht", findet Laura. „Ich bin dafür, dass wir zuerst die Königin Galina aufsuchen. Wenn wir es wirklich schaffen, die beiden Regenten zu versöhnen, dann werden sich schon mal die beiden Völker wieder miteinander vertragen, die Feen und die Kobolde, die Elfen und die Zwerge."

Lena nickt. „Ich denke, dann spazieren wir ins Tal hinunter zum Meggima See und suchen dort den Haupteingang zu Galinas Reich."

Laura überlegt. „Wenn sich König Novo gerade hier in seiner Sommerresidenz aufhält, kann es da nicht sein, dass sich die Königin auch gerade hier oben in den Bergen, in ihrem Sommerreich befindet?

„Das ist möglich", findet auch Lena. „Am besten fragen wir hier irgendeinen Geist. Wir haben doch erfahren, dass es hier ganz viele gibt, sichtbare und unsichtbare."

„Die Dämmerung wird gleich heraufziehen. Vielleicht sehen wir dann den Feentanz über den Wiesen", vermutet Laura. „Dann fragen wir eine von ihnen. Sollen wir einfach hier warten, bis das Spektakel los geht?"

Die Freundin nickt. „Dann können wir hier erst einmal Picknick machen, denn ich habe großen Hunger. Ich hoffe, dass noch genug Proviant in unseren Rucksäcken ist. Wir haben schon so oft davon gegessen, und ich habe das Gefühl, dass der Inhalt immer gleichbleibt."

„Möglicherweise hat uns Marisa zwei Zaubersäckchen mit auf die Reise gegeben, die sich immer wieder von allein nachfüllen. Ich habe nämlich die Ahnung, sie könnte auch eine Zauberin sein."

„Das halte ich auch für möglich", stimmt ihr Lena zu. „Ich hatte das Gefühl, dass sie über alles informiert ist, was in diesem Tal hier so geschieht. Und ich glaube, sie hat sehr guten Kontakt zu allen Berggeistern."

Die beiden Frauen setzen sich ins Gras und packen den Proviant aus ihren Rucksäcken aus, und siehe da, vom Früchte-Brot und all den anderen Leckereien, den getrockneten Äpfeln und Pflaumen ist alles noch reichlich vorhanden.

„Da haben wir den Beweis", stellt Laura fest. „Und wenn ich es mir ganz genau überlege, dann halte ich es für möglich, dass Marisa uns absichtlich am ersten Tag, als wir ankamen, angesprochen hat, um dir, und dann später auch mir, so einiges zu erzählen. Wahrscheinlich wusste sie ganz genau, dass wir der Typ Mensch sind, der sich einmischen muss, und der es gar nicht haben kann, wenn sich Menschen und andere Wesen streiten und alles so verzwickt und verdreht ist."

„Das ist denkbar", fügt die Freundin hinzu. „Dann lass uns jetzt eine Pause machen und von dem nahrhaften Früchte-Brot essen, damit wir wieder Kraft schöpfen können. Vielleicht finden wir hinterher auch ein paar frische Beeren. Auf dem Hinweg habe ich in der Nähe des Waldes einige Erdbeeren und Blaubeeren entdeckt. Sie sahen köstlich aus."

Während sie sich an den Vorräten satt essen, beobachten sie die Vögel, die über ihn kreisen.

„Einsam ist es hier oben tatsächlich nicht", bemerkt Lena und sieht einem

Wanderfalken zu, der über ihnen kreist. „Ob er uns etwas zu sagen hat?"

Unbemerkt ist inzwischen Lorena herbeigeflogen und hat sich auf einen der beiden Rucksäcke gesetzt.

„Seid ihr hierhergekommen, um die Feen tanzen zu sehen?" fragt sie die beiden jungen Frauen.

„Wir hoffen, dem Schauspiel zusehen zu können. Aber es ist uns auch deswegen ein Anliegen, weil wir eine der Feen etwas fragen wollen."

„Wenn die Feen hier abends tanzen, dann sind sie nicht ansprechbar", berichtet die kleine Elfe. „Das sind ganz bestimmte Rituale, mit denen sie für die Natur Heilungen erwirken."

Laura runzelt die Stirn. „Was kann man darunter verstehen?"

„In der Natur gibt es auch kranke Pflanzen, darunter auch kranke Bäume und viele kranke Tiere. Am Tag arbeiten die Feen als Krankenschwestern und Pfleger und versorgen die kranke Natur, aber wenn der Abend kommt, in der Dämmerung, versammeln sie sich auf den Wiesen, um für die Heilung zu beten. Macht ihr Menschen das nicht auch? Ich habe gehört, dass ihr auch anderen Menschen liebe Wünsche und Gedanken schickt."

„Ja natürlich, das ist bei uns auch üblich, und außerdem beten wir auch, in der Kirche, zu Hause, überall. Und ich habe auch schon mal von verschiedenen Völkern auf der Erde gehört, bei denen es Menschen gab, die beim Beten getanzt haben."

„Genauso ist es auch hier", erklärt Lorena den beiden Frauen. „Es gibt viele Möglichkeiten, den Körper und die Seele in Einklang zu bringen. Man kann auch beim Beten singen, oder singend beten, und so ist es auch sehr intensiv, wenn man beim Beten tanzt."

„Das glaube ich", sagt Lena nachdenklich. „Und ich bin schon sehr gespannt auf den Feentanz. Die Frage, die wir haben, die wirst du uns doch bestimmt auch beantworten können."

Lorena lächelt. „Vielleicht."

„Wir hätten gerne gewusst, wo sich die Königin jetzt aufhält. Weil König Novo gerade im Sommerreich ist, sind wir auf die Idee gekommen, Galina könnte vielleicht auch gerade in ihrer Sommerresidenz sein."

„Eure Gedanken sind in die richtige Richtung gelaufen. Tatsächlich liegt es im Interesse der Königin, sich in der warmen Sommerzeit oben in den Bergen etwas abzukühlen. Allerdings hat sie es gern etwas lieblicher und bequemer und wohnt in einer Almhütte, umgeben von grünen Wiesen. Sie ist nicht weit von hier, ein kleiner Abstieg ist dazu notwendig."

„Das ist ja fantastisch“, findet Laura. „Dann können wir gleich nach dem Feentanz hinuntergehen. „Ist die Königliche Hoheit denn am Abend noch zu sprechen?“

Die kleine Elfe lacht. „Am Abend wird sie erst richtig munter. Sie ist nämlich sehr lebenslustig und humorvoll.“

Lena staunt. „Tatsächlich? Und dann ist sie Novo gegenüber so nachtragend?!“

„Sie war damals sehr verletzt, als er die Arbeiten behinderte, und sie nahm an, dass er sie ärgern wollte. So sah es ja auch schließlich aus. Aber ich weiß, dass sie früher in Novo verliebt war, und deswegen war sie auch sehr empfindlich bei allem, was er ihr sagte oder antat.“

„Und jetzt hat sie keine Gefühle mehr für ihn?“ möchte Laura wissen.

„Das weiß keiner, denn davon spricht sie nicht, und sie versteckt ihre Gefühle sehr gut. Aber jetzt müssen wir ganz leise sein, denn die Feen werden jeden Moment anfangen, ihren Tanz darzubieten."

Lorena führt die beiden Frauen hinter ein Gebüsch und bittet sie, ganz still zu sein.

Der dichte Nebel, der sich während der Abenddämmerung über die Wiese gelegt hat, beginnt sich zu lichten.

Während die Glockenblumen beim Läuten einen harmonischen Klang zu einer Melodie gestalten, bilden sich aus den zerrissenen Nebelfetzen Figuren, in denen man bald zierliche Feen erkennen kann. Sie fügen sich zu einem Kreis zusammen und tanzen mit wehenden Röckchen einen Reigen, der sich bald in die eine, bald in die andere Richtung dreht.

„Mir wird schon bald schwindelig", gesteht Lena den anderen flüsternd. „Es ist erstaunlich, wie beweglich diese

Wesen sind und wie schnell sie sich weiterbewegen."

„Sie sind zwar nicht ganz so schnell wie ich", antwortet Lorena ebenso leise, „aber sie können auch in Sekundenschnelle unsichtbar werden und verschwinden in Windeseile. Seht nur, welche entzückenden Formationen sie bilden! Wenn ihr das jetzt von oben betrachten könntet, würdet ihr eine riesige Blume daraus erkennen."

Staunend beobachten die beiden jungen Frauen, welche Muster über dem grünen Grund entstehen, und während die Abendsonne zaghaft hereinblinzelt, zeigen sich unzählige Regenbogen in den glitzernden Kleidern der Feen.

Ein leichter Wind lässt jetzt auch temperamentvolle Melodien in den übrigen Wiesenblumen erklingen, und die Zauberwesen tanzen immer schneller, bis aus den tanzenden Gestalten ein einziger Wirbel entsteht, der sich wie ein schimmernder und glitzernder Kreisel dreht.

Als sich die Nebel plötzlich auflösen, fühlen sich die beiden Frauen versucht, Beifall zu spenden. Aber sie fürchten, den Zauber zu zerstören und verhalten sich ruhig.

„Das war fantastisch", findet Lena. „So etwas habe ich noch nie gesehen."

„Das kann auch nicht jeder sehen", verrät Lorena. „Ab und zu kann ein menschliches Auge einen kurzen Blick auf eine Fee erhaschen, aber ihr seht das nur, weil ihr diesen Schlüssel um den Hals tragt."

„Es war wunderschön", findet auch Laura. „Ich konnte kaum eine Weile stillhalten, am liebsten hätte ich mitgetanzt."

„Das freut mich", antwortet die kleine Elfe, „und jetzt müssen wir uns ein wenig sputen, damit wir bei der Königin angekommen sind, bevor es dunkel wird. Den Weg dorthin, sollte man nämlich lieber im Hellen gehen, damit man nicht über die spitzen Steine stolpert, die diesen Steg markieren.“

Rasch setzen die beiden jungen Frauen ihre Rucksäcke auf und folgen Lorena den schmalen Pfad hinunter bis an eine kleine Holzhütte, die von wilden Rosen umrankt wird.

Vor der Hütte sitzt auf einer hölzernen Bank eine schöne Frau mit langem dunklem Haar. Auf ihrem dunkelblauen, langen Kleid leuchten unzählige Sterne, die ihrer Robe etwas Festliches geben. Die kleine Krone auf ihrem Kopf bewegt sich und die beiden Frauen erkennen, dass sich dort oben auf dem glänzenden Haar der Königin eine kleine Schlange ringelt.

Erschrocken weicht Lena einen Schritt zurück, aber Galina steht lächelnd auf und hält die junge Frau am Arm fest.

„Du musst keine Angst haben! Das ist keine Giftschlange, sondern eine Art Blindschleiche, die mich bewacht, weil ich eine Tierfreundin bin."

Die junge Frau atmet auf. „Oh, Entschuldigung! Das wusste ich nicht. Ich hoffe, wir stören nicht mit unserem Besuch."

Die Königin lächelt. „Ich habe euch schon erwartet. Wie ihr inzwischen wahrscheinlich schon erfahren habt, ist die Natur gut vernetzt, viele Wesen sind miteinander verbunden auf geheimnisvolle Art und Weise. Aber wir haben auch schnelle Zauberwesen, die schneller als in Windeseile Nachrichten von einem Ort zum anderen bringen."

„Das gefällt uns sehr", antwortet Lena. „Wir haben in diesem Tal sofort gemerkt, dass die Natur hier eine besondere Ausstrahlung hat."

Galina freut sich über diese Aussage und bittet die beiden Besucherinnen, sich auf die gegenüberliegende Bank zu setzen.

Lena und Laura folgen ihrer Anweisung und nehmen auf der Holzbank Platz, während die kleine Elfe zu den wilden Rosen fliegt, die neben dem Tisch wachsen, um sich dort zur Ruhe zu begeben.

*

Kapitel 10

Gespannt sehen die beiden Frauen auf Galina.

Die Königin begrüßt ihre Gäste freundlich. „Ich freue mich, dass ihr uns eure Hilfe angeboten habt. Das ist normalerweise bei den Touristen hier nicht so üblich. Sie vergnügen sich hier, manchmal lassen sie auch leider noch ihren Abfall liegen, und dann fahren sie wieder weg, mit schönen Urlaubsfotos, die sie zu Hause überall herumzeigen. Aber um unsere Anliegen kümmern sich nur sehr wenige. Wir brauchen nämlich dringend ein neues Konzept, dass wir der Kaiserin Zara vorlegen wollen. Wie ihr inzwischen erfahren habt, geht es um die Touristen, die sich nicht alle so benehmen wie sie es sollten. Es gab zwar schon einige Vorschläge, von denen man einige in Betracht gezogen hat, aber bisher konnten sie noch keine Abhilfe schaffen.“

„Welche Vorschläge waren das denn?“ erkundigt sich Lena.

„Zunächst klangen sie einmal ganz vernünftig“, berichtet Galina. „Und zu einem geringen Teil konnte man sie auch durchsetzen. Es gab also schon Vorschläge, Schranken an die großen Wanderwege anzubringen und dort so eine Art Zoll oder Maut-Gebühr einzunehmen, um dieses Geld wiederum dem Naturschutz zugutekommen zu lassen. Das ging manchmal auch auf Spendenbasis. Aber damit sind wir nicht auf die Zufriedenheit der Almhüttenbesitzer gestoßen. Es kamen weit weniger Wanderer dorthin, und die Besitzer mussten um ihre Existenz kämpfen, weil sie weniger Einnahmen hatten. Denn weniger Besucher heißt weniger Geld.“

„Das klingt wirklich nicht so, als wären damit alle zufrieden“, antwortet Laura. „Das ist also keine Patentlösung. Wahrscheinlich wird es schwierig sein, einen guten Kompromiss zu finden, mit dem alle zufrieden sind."

Die Königin nickt. „Wir haben auch viele Plakate verteilt und auch Handzettel an alle Besucher dieses Tales, damit sie wissen, wie sie sich in der Natur benehmen müssen, aber auch das hatte keinen durchschlagenden Erfolg. Diese Aktion hat nämlich sehr viel Geld gekostet, alles verschlungen, was wir dafür gesammelt hatten. Letztendlich wurde das ganze gedruckte Papier bestenfalls in den Mülleimer geschmissen, aber kaum einer hat sich durchgelesen, was auf den Handzetteln stand. Einige haben es auch gelesen, aber viele haben dann die Regeln doch nicht beachtet. Ihr seht, wir haben bereits schon viel unternommen, aber nichts hat wirklich gefruchtet."

„Das ist schade", findet Lena. „Wir lieben die Berge hier sehr, und wir überlegen schon die ganze Zeit, wie man der Natur hier helfen könnte."

„Vielleicht könntet ihr ein gutes Konzept entwerfen. Damit könnte dann Kaiserin Zara in diesem Tal für große Verbesserungen sorgen.“

„Aber Kaiserin Zara ist doch noch verzaubert. Sie kann doch noch gar nicht frei schalten und walten, so wie sie will“, entgegnet Laura.

„Aber wenn ihr mir ein vernünftiges Konzept zeigt, dann gebe ich euch das Losungswort, mit dem ihr in Mistos Höhle kommt, und dort liegt wiederum das Papier mit dem Zaubersatz, der Zara wieder in ihre natürliche Gestalt verwandelt.“

„Du weißt aber sehr viel“, findet Lena. „Weißt du etwa auch, wer Mistos Schatz gestohlen hat? War das wirklich Rauputz, wie es das Ungeheuer vermutet?“

„Ich bin ganz sicher, dass dies nicht der Fall ist, denn die beiden haben früher immer alle Schandtaten gemeinsam verübt. Rauputz hat seinen Schatz zum letzten Mal gesehen, als Misto bei ihm war, um mit ihm zu besprechen, was man am besten mit der Kaiserin macht. Sie sollte daran gehindert werden, weitere Aktionen zu veranstalten, die die Touristen fernhalten."

„Ich verstehe das nicht so ganz. Wie ist das denn damals vor sich gegangen?" möchte Laura wissen."

„Zunächst einmal waren etliche Urlauber sehr übermütig. Ohne viel nachzudenken, sind sie im Sommer überallhin spaziert, haben Blumen gerupft und Müll hinterlassen, und im Winter haben sie die Pisten unsicher gemacht und Lawinen ausgelöst. So hat dann Zara einige Schnee- und Gerölllawinen ins Tal geschickt, um die Menschen zu warnen.

Sie haben das aber nicht als Warnung angesehen, sondern sorglos weiter ihr Unwesen in den Bergen getrieben. Und weil sie der Kaiserin das Handwerk legen wollten, haben sie sich einige Menschen zusammengetan und sich an Rauputz und Misto gewandt, damit sie Zara handlungsunfähig machen sollten. So haben sich dann die beiden ungleichen Freunde, der riesige böse Kobold Misto und der Drache Rauputz zusammengetan und gemeinsam eine Zauberformel zusammengestellt, die der Kaiserin nun dieses Aussehen gegeben hat. Dies scheint nicht ganz einfach gewesen zu sein, denn um diesen Zauberspruch zu erfinden, mussten sie sich mehrere Male treffen und viel beratschlagen. Als sie dann den Zauber über die Kaiserin verhangen haben, waren sie sehr zufrieden mit ihrer gelungenen Arbeit und freuten sich sehr und feierten auch zu zweit ein großes Fest. Doch als sie nach dieser Feier mit einem berauschten Kopf aufwachten, war der Schatz des Drachen verschwunden.“

Lena seufzt. „Jetzt kann ich verstehen, warum Rauputz glaubt, Misto habe den Schatz gestohlen. Aber wenn beide berauscht waren, kann auch irgendein anderer den Schatz gestohlen haben. Ist es nicht so?"

„Ja, das wäre eine Möglichkeit", antwortet Galina. „Aber ich habe eine ganz andere Vermutung."

Die beiden jungen Frauen sehen die Königin erstaunt an. „Du ahnst, wer den Schatz entwendet hat?"

Galina schmunzelt. „Ich glaube, den Schatz hat überhaupt keiner gestohlen. Ich denke, die beiden Ungeheuer haben bei ihren Zauberformeln irgendetwas falsch berechnet und haben den Schatz aus Versehen mitverzaubert."

„Dann könnte er jetzt noch in der Höhle des Drachen sein?" fragt Lena verwundert. „Er ist dort, und Rauputz kann ihn nur nicht sehen."

„Das vermute ich sehr stark, weil sich dieser Drache mit den bösen Menschen eingelassen hat.“

„Das verstehe ich jetzt nicht“, gibt Laura zu. „Was hat das jetzt mit diesen Menschen zu tun?“

„Die Ungeheuer haben sich vermutlich bei den Menschen angesteckt. Viele Menschen sehen auch sehr schlecht. Sie haben oft einen besonderen Blickwinkel, mit dem sie nur das sehen, was sie sehen wollen. Und viele unsichtbare Dinge sehen sie überhaupt nicht, obwohl sie da sind. Sie sehen etwas und wollen es nicht wahrhaben, auch das ist eine Eigenschaft von ihnen. Sie übersehen Dinge, weil sie sie übersehen wollen. So könnte ich euch noch viele Beispiele nennen, aber dazu will ich mir jetzt nicht die Zeit nehmen, weil es im Augenblick unwichtig ist. Jedenfalls bin ich mir ziemlich sicher, dass der Schatz an einem sicheren Platz ist und Misto ihn nicht gestohlen hat, weil er selbst genug Schätze besitzt, mehr als alle anderen hier im Tal."

„Der große Kobold Misto ist sehr reich?" fragt Laura verwundert. Das hätte ich jetzt nicht gedacht. Ich dachte, die Kaiserin wäre vielleicht sehr reich. Ich könnte mir vorstellen, dass König Novo viele Schätze hat oder auch du einiges an Werten besitzt."

Galina lacht. „Das ist so ein typisch menschliches Denken. Ein König und eine Königin, die sind nicht immer reich, jedenfalls nicht an materiellen Werten. Aber Misto gehört zu den bösen, und da ist es genauso wie bei euch auf der Erde. Die Bösen sind häufig sehr reich, weil sie sich ohne Rücksicht auf Verluste alles aneignen, was sie haben wollen."

„Dann ist Misto also sehr böse?" erkundigt sich Lena.

Die Königin schüttelt den Kopf. „Er war einmal sehr böse, als er sich noch viel aneignen wollte. Aber im Gegensatz zu den Menschen, die nie zufrieden sind, hat er nun genug angesammelt und ist tatsächlich gesättigt. Nun will er nicht mehr böse sein, und ist auf dem Weg, sich zu bessern. Aber er ist noch böse auf Rauputz, weil der ihn einen Dieb nennt."

Laura stöhnt. „Das ist furchtbar kompliziert, aber langsam fange ich an, alles zu kapieren. Und es ist wirklich so, wie der König Novo uns bereits gesagt hat, alles ist hier mit allem und jedes mit jedem verbunden."

Galina lächelt. „Richtig, so, denn so bleibt alles lebendig, kann nicht verkrusten und nicht absterben. Aber was habt ihr denn bei Novo gemacht?"

„Wir haben ihn gefragt, ob er uns auch bei unseren Hilfsaktionen beistehen kann. Und wir haben ihn gefragt, wie man hier den Frieden im Tal besser wiederherstellen kann", antwortet Lena.

Die Königin hebt die Augenbrauen. „So? Und was hat der König gesagt? Hat er euch etwa auch von unserem Streit berichtet?"

„Ja, das hat er", antwortet die junge Frau. „Er hat uns von dem Staudamm erzählt und auch vom Meggima-See. Und er hat uns auch verraten, warum er das Projekt verhindern wollte."

Galinas Gesicht verfinstert sich. „Das weiß ich auch. Er wollte mich ärgern, er wollte mich verletzen, er wollte nicht, dass alles so geschieht, wie ich es will."

„Aber dies war nicht der Grund", verrät Lena. „Das alles hatte mit der Geschichte von Elisabeth und Leonardo zu tun, die sich hier in diesem Tal vor vielen Jahrzehnten kennengelernt haben."

Die Königin schenkt der jungen Frau einen betrübten Blick. „Was hat er sich denn jetzt wieder für eine Ausrede ausgedacht?! Bestimmt hat er euch irgendeine Fantasiegeschichte erzählt."

„Es ist keine Fantasiegeschichte, man kann sie nachprüfen", antwortet Laura und erzählt Galina die ganze Geschichte der beiden Liebenden.

„Elisabeth, sie lebt noch", berichtet die junge Frau weiter. „Aber sie wird sehr glücklich sein, wenn sie eines Tages wieder mit ihrem Leonardo vereint sein wird. König Novo war so gerührt von dieser Liebesgeschichte, dass er mit den beiden mitgelitten hat. Und er wollte, dass sie so schnell wie möglich wieder zueinander finden. Außerdem hatte er Angst, dass der See alles zerstören würde, den Sternen-Staub, der hier überall noch liegen muss, und die Liebe, die man noch hier in der Luft spürt."

Die Königin trocknet sich die Augenwinkel. „Ist das wirklich wahr? Hat Novo wirklich aus diesem Grund die Arbeiten für den See boykottiert?"

„Ja, so ist es gewesen. Er selbst war immer noch berührt, als er uns die

Geschichte erzählte. Außerdem hat er uns beteuert, dass es ihm jetzt sehr leidtut, den Bau des Meggima Sees behindert zu haben. Er findet nämlich, dass dieses Gewässer wunderschön in dieses Stück Landschaft passt, so als habe alles immer schon so ausgesehen."

„Das ist jetzt alles sehr neu für mich", bestätigt Königin. „Das muss ich jetzt verdauen. Aber er ist es selbst schuld, dass ich ihm immer noch böse bin. Diese Geschichte hätte er mir ja auch erzählen können. Vielleicht hätte ich ihn dann eher verstanden."

„Er hat sich wohl ein bisschen wegen seiner romantischen und sensiblen Gefühle geschämt," vermutet Lena. „Offensichtlich glaubte er, dass es eine Schwäche ist, wenn man viel Gefühl hat und es auch zeigt."

„Er ist ein schrecklicher, halsstarriger Dummkopf", behauptet Galina. „Und es geschieht ihm nur Recht, dass ich ihn in der letzten Zeit immer zurückgewiesen habe. Wäre er zu mir ein wenig offener gewesen, hätte er von mir auch mehr Freundlichkeit erwarten können."

„Und jetzt bittet er dich zu einem privaten Gespräch", berichtet Laura. „Es tut ihm alles sehr leid, und er möchte dich persönlich um Verzeihung bitten."

Die Königin grummelt vor sich hin. „Dieser alte Querkopf. Der kann wirklich sich und anderen das Leben schwer machen mit seiner Verschlossenheit. Wo ist er eigentlich jetzt?"

„Im Tannenwald, in seiner Sommerresidenz", verrät Lena.

Galina hebt die Augenbrauen. „So? Das ist ja gar nicht weit von hier. Und jetzt bildet er sich ein, ich käme sofort zu ihm gelaufen, und würde ihm um den Hals fallen."

„Ich glaube nicht, dass er so denkt“, widerspricht Laura. „Er war sehr zerknirscht, und er hat seine Fehler eingesehen. Er hat angedeutet, dass er sie gerne wieder gutmachen würde.“

Die Königin sieht auf ihre Hände. „Hat er denn..., hat er denn schlecht von mir gesprochen? Klang es denn so, als sei er verbittert, weil ich ihn so lange abgelehnt habe?“

„Nein, so hat es sich nicht angehört“, beruhigt Lena die zerknirschte Frau. „Ich hatte den Eindruck, dass er sich sehr freuen würde, wenn du dich auf dieses Gespräch einlässt, um das er dich gebeten hat.“

„Und eigentlich durften wir dir diese ganze Geschichte noch gar nicht erzählen“, gesteht Laura. „Wir sollten zuerst eine Einladung aussprechen, und erst, wenn du dich darauf absolut nicht einlassen würdest, für den Fall erlaubte er uns, die ganze Geschichte vorzutragen.“

Die Königin überlegt. „So, so! Dieser alte Schlawiner! Er hat also geglaubt, ich würde einfach so zu ihm spazieren, so, als ob gar nichts gewesen sei. Nein, so leicht werde ich es ihm auch nicht machen.“

„Wie willst du es denn machen?“ fragt Lena geradeheraus.

„Das wollen wir ganz schön langsam angehen“, entscheidet Galina. „Man soll einen Mann nicht so verwöhnen und schon gar nicht gleich springen, wenn er ruft. Man muss Männer immer etwas warten und zittern lassen.“

„Hast du denn vor, dich mit ihm zu vertragen?“ möchte Laura wissen.

„Irgendwann schon. Ich liebe ihn doch“, gesteht die Königin. „Aber ich darf es ihm nicht so leicht machen.“

„Habt ihr es euch nicht schon lange genug schwer genug gemacht?“ erinnert Lena die Königliche Hoheit. „Ihr habt viel Zeit verstreichen lassen, dabei könntet ihr schon lange glücklich sein. Seit ich die Geschichte von Elisabeth und Leonardo kenne, rate ich jedem, keine Minute der geschenkten Zeit mit Streit verstreichen zu lassen. Zeit ist zu kostbar, denn sie ist ein Geschenk.“

Die Königin seufzt. „Das ist wahr und ein gutes Argument für ein schnelleres Handeln“, gibt sie zu. „Dann werde ich also bald zu ihm hingehen. Aber ich werde ihn nicht direkt umarmen.“

„Es ist ja auch wichtig für euer ganzes Land“, rückt Laura an diese Tatsache in den Vordergrund. „Da sind einige, die sich auf die verschiedenen Seiten geschlagen haben. Wir haben zum Beispiel den Kobold Hohlzahn kennengelernt, der mit seinem Freund Fledermausohr nur zerstritten ist, weil sie den verschiedenen Lagern angehören. Hohlzahn gehört zu deinen Anhängern, und Fledermausohr ist seinem König untergeben. So läuft es manchmal auch bei den Menschen, wenn sie sich streiten, weil sie verschiedenen politischen Parteien angehören und sich für unterschiedliche Richtungen engagieren. Wir haben auch von diesem Kobold gehört, dass sich viele eurer Bürger gleichermaßen verhalten. Der eine hält zu seinem König, der andere zu seiner Königin, und wenn sie zusammen sind, dann streiten sie sich darüber."

Galina staunt. „Ich habe gar nicht gewusst, dass wir nicht nur die Streithähne, sondern auch der Zankapfel sind. Ja, manchmal ist man so verstrickt in seine eigenen Probleme, da sieht man den Wald vor lauter Bäumen nicht. Und ihr seid sicher, dass sich Novo freuen würde, wenn ich ihn besuchen käme?"

Laura lächelt. „Da sind wir uns ganz sicher. Er konnte sich nicht verstellen, und er konnte auch nicht verstecken, dass er Gefühle für dich hat. Ja, wahrscheinlich wollte er es auch gar nicht verstecken, damit wir dir Mut zureden, und du nicht zu lange zögerst, ihn aufzusuchen.“

Galina atmet tief. „Das ist ja nun wirklich eine erstaunliche Geschichte. Ich hätte nie gedacht, dass sich die ganze Sache doch noch zum Guten wenden kann. Also gut! Dann dürft ihr euch jetzt ein schönes Nachtlager aussuchen oder noch ein bisschen mit meinen Kobolden plaudern. Ich werde mich jedenfalls ins Bett begeben, um meinen Schönheitsschlaf genießen zu können. Morgen früh werden mir meine lieben Freunde ein Bad aus Morgentau bereiten, und ich werde mich darin erfrischen. Danach ziehe ich mein schönstes Gewand an und werde zu Novo spazieren.“

„Das ist eine gute Idee“, findet Lena. Aber wäre es nicht möglich, dass du uns jetzt schon verrätst, wie das Losungswort für Mistos Höhle lautet? Dann könnten wir nämlich morgen in aller Frühe auch schon losspazieren und bei diesem Ungeheuer unser Glück probieren.“

Die Königin hebt den Finger. „Oh nein! Ihr beide habt euch jetzt viel Mühe gemacht, um mir beizubringen, wie wichtig es ist, dass ich hier mit Novo schnellstens den Frieden für das Tal schließe. Aber jetzt müssen natürlich alle anderen Dinge erst einmal zurücktreten. „Eile mit Weile“, sagt meine Freundin, die kleine Schnecke, und meist hat sie recht.“

„Was sollen wir denn dann tun?“ erkundigt sich Laura.

„Wenn ihr ausgeschlafen habt, dann werdet ihr gemütlich mit meinen Kobolden frühstücken und euch für alle weiteren Abenteuer stärken. Und wenn ihr damit fertig seid, dann setzt ihr euch zusammen und überlegt das Konzept, dass ihr später der Kaiserin überreichen könnt."

„Warum sollen wir erst das Konzept machen?" möchte Lena wissen.

„Wenn ihr jetzt zu früh der guten Zara ihre kaiserliche, menschliche Gestalt zurückgebt, dann wird alles sein wie vorher. Dann wird sie die Touristen weiterhin nicht dulden und mit schrecklichen Naturkatastrophen das Tal erschüttern. Ihr müsst ein ausgefeiltes Konzept erstellen, eines, das man auch verwirklichen kann, und das am Ende auch Nutzen bringt."

„Aber das kann doch ewig dauern", überlegt Laura.

„Deswegen überlasse ich euch ja den Kobolden. Sie leben hier in der Natur, sie kennen sich mit allem aus, was gut für die Natur und dieses Tal ist. Von ihnen könnt ihr euch beraten lassen, denn sie wissen über alles Bescheid."

Die beiden Frauen sehen sich an und überlegen kurz, dann nicken sie.

„Dann ist es wohl besser, wenn wir diese Reihenfolge einhalten, und uns erst um einen Plan kümmern", stimmt Laura zu.

„Wir haben wirklich sehr wenig Erfahrung mit diesen Problemen hier", gibt Lena zu. „Aber, wenn die anderen Kobolde ein bisschen durchschaubarer sind als der gute Hohlzahn, dann werden wir sicherlich etwas austüfteln können."

Die Königin freut sich. „Dann sind wir uns alle einig. Der Klügere gibt immer nach. Ich folge eurem Rat und gehe gleich morgen früh zum König, und ihr überlegt gemeinsam mit meinen lieben Kobolden, wie man in der Bergwelt besser die Natur schützen kann. Mein privater kleiner Kobold Hans Wurst wird euch gleich ein festliches Abend-Menü servieren, damit ihr euch erst einmal stärken könnt. Jetzt danke ich euch für eure Hilfe und verabschiede mich. Gute Nacht!" wünscht sie ihren Gästen.

„Gute Nacht!" wünschen ihr auch die beiden jungen Frauen und bedanken sich für die freundliche Aufnahme.

„Wann sehen wir uns wieder?" möchte Lena wissen.

„Bald!" antwortet die Königin geheimnisvoll.

*

Kapitel 11

Den Abend verbringen die beiden jungen Frauen im Kreise der Kobolde, die sehr unterschiedlich aussehen. Da gibt es kleine und große, dicke und dünne, Männchen, die wie Zwerge aussehen, viele kleine und große Leute in allen Farben und Formen. Auf der Stirn haben alle mindestens ein Auge und eine ziemlich große Nase, während die Ohren einiger Kobolde kaum zu sehen sind.

Hans Wurst, ein kleiner pinkfarbener Kobold mit drei Augen, tischt den beiden Frauen köstliche Speisen auf, die alle aus Obst, verschiedenen Pflanzen oder Wurzeln hergestellt sind. Der kleine Kobold „Sonnenkraut", der ebenso farbig leuchtet wie Ginster, hilft ihm dabei und betreut die beiden Gäste mit Höflichkeit, serviert ihnen schmackhafte Getränke, die aus frischem Quellwasser und Fruchtsäften bestehen.

Während des Essens musiziert eine Gruppe der Kobolde, und dazu benutzen sie Instrumente aus Blüten, Blättern, Hölzern oder Wurzeln. Sie spielen fröhliche Weisen, und Sonnenkraut berichtet ihnen: „Es ist wichtig, dass man beim Essen muntere Lieder spielt. Dann werden die Speisen besser verdaut, und sie bekommen einem gut."

„Wer hat denn diese Speisen so köstlich zubereitet?" erkundigt sich Lena.

„Es gibt bei uns etliche kleine Wesen, die sehr gerne das Essen zubereiten, aber das tun wir nicht mit dem Feuer, so wie ihr. Wir nehmen dazu heiße, von der Sonne angewärmte Steine oder begeben uns hinab in unsere tiefen Höhlen, dorthin, wo die Erdwärme noch sehr stark ist. Wir kochen jedoch nicht, wir erwärmen die Speisen nur, denn dabei können sich alle Vitamine gut erhalten."

„Dann lebt ihr also sehr gesund", stellt Laura fest.

Sonnenkraut nickt. „Oh ja, deswegen werden wir auch so alt. Und wir sind heiter, weil wir dankbar sind, für jede Stunde, die wir leben.“

„Das ist vernünftig“, findet Lena. „Sollen wir uns denn jetzt schon einmal überlegen, welchen Plan wir austüfteln, um der Bergwelt zu helfen?“

„Oh nein!“ protestiert der kleine Kobold. „Beim Essen wird grundsätzlich nicht gearbeitet. „Es gibt keine Arbeitsessen, so, wie ihr das eingeführt habt. Wir hören der Musik zu und führen uns die Speisen beim Essen zu Gemüte, das tut gut.“

Die beiden jungen Frauen nehmen sich das Gesagte zu Herzen, genießen schweigend die aromatischen Speisen und freuen sich dabei an der unterhaltenden Musik.

Nach dem Essen spricht der kleinste Kobold eine Art Dank-Gebet und schließt mit den Worten: „Möge uns unser Essen bekommen und gesegnet sein.“

Nach dem Essen werden Lena und Laura langsam müde, und sie merken, dass sie einen anstrengenden Tag hinter sich haben. Die Bergluft tut ihr Übriges, und trägt zur Entspannung bei. Immer öfter fallen ihnen die Augenlider zu, was den Zwergen nicht verborgen bleibt. Nachdem die beiden Frauen versichert haben, dass sie satt und zufrieden sind, werden sie von Sonnenkraut in ein Zelt geführt, dass unter den wilden Rosenranken steht, die ihren süßen, betörenden Duft ausströmen. In dieser luftigen Behausung steht ein Himmelbett, das mit seinen vielen weichen Kissen eine gemütliche Schlafstatt bietet.

Lena und Laura nehmen darauf Platz und sehen gerade noch, wie die Sterne von oben hereinblinzeln, unmittelbar danach schlafen sie beruhigt ein.

*

Kapitel 12

Am anderen Morgen werden die beiden jungen Frauen von Sonnenkraut geweckt, der ihnen einen Morgentrunk reicht.

„Er ist aus Früchten und ganz besonderen Kräutern", berichtet der kleine Kobold. „Darin sind alle guten Zutaten, die ein Mensch zum Leben braucht. Trinkt ihn nur aus! Dann seid ihr fit für den ganzen Tag. Es ist übrigens auch Honig darin", verrät der kleine Gnom.

Laura probiert einen Schluck. „Das schmeckt wirklich sehr erfrischend", findet sie, und ich spüre schon, wie sich meine Lebensgeister freuen."

„Das ist gut", findet Sonnenschein, „denn ihr bekommt gleich Besuch von unserem höchsten Minister. Er will mit euch den Plan ausarbeiten."

„Dann wollen wir schnell aufstehen und zu ihm gehen", entscheidet Lena und will aus dem Bett springen, aber der Kobold hält sie zurück.

„Oh nein! Die wichtigsten Dekrete werden aus dem Bett heraus entwickelt, gerade in den frühen Morgenstunden, wenn der Tag noch frisch ist und die Träume noch lebendig sind. Der Alltag hat euch noch nicht berührt und lenkt euch noch nicht mit seinen Erlebnissen ab. Jetzt kann euer Gehirn noch am besten arbeiten."

Laura runzelt die Stirn. „Du glaubst, wir sind schon richtig wach und fit genug, flink denken zu können?"

„Nun, so flink muss es gar nicht sein, aber eure Sinne müssen noch unberührt sein, damit keine störenden Gedanken hineinspringen können. Und der Morgentrunk gibt euch die Kraft dazu."

Lena staunt. „Ihr habt wirklich gute Ideen. Braucht ihr uns überhaupt, um gute Erfindungen zu machen? Vielleicht seid ihr viel klüger als wir und könnt einen viel besseren Plan ausarbeiten.“

Sonnenschein schüttelt den Kopf. „Nein, es geht ja um euch Menschen. Wir kennen zwar die Menschen, weil sie schon lange in diesem Tal leben, aber wir denken anders, und deswegen müssen wir gemeinsam mit Menschen an einem durchführbaren Plan arbeiten.“

„Das kann ich nachvollziehen“, antwortet Laura. „Wir wollen ja am Ende alle friedlich miteinander leben. Die Menschen sollen euch achten und Rücksicht auf euch nehmen, die Natur soll von allen gemeinsam geschützt werden.“

In diesem Augenblick erscheint eine verschleierte Gestalt und setzt sich auf das Fußende des Bettes.

„Das ist Maurizia, die höchste Koboldin, unser Minister“, erklärt der kleine

Kobold. „Sie wird während des ganzen Gesprächs ihren Schleier anbehalten, denn bei diesen Fragen soll das Ansehen keine Rolle spielen. So halten wir es immer, wenn große Dinge geschaffen werden müssen. Sobald ihr zu einem Ergebnis gekommen seid, wird sie ihren Schleier lüften und euch begrüßen."

Lena staunt. „Aber sie wird doch mit uns reden, oder?"

„Nicht direkt", antwortet Sonnenkraut zögernd. „Ihr werdet Vorschläge machen, und Maurizia sagt dazu ja oder nein."

„Oh!" Laura hebt die Augenbrauen. „Damit habe ich jetzt nicht gerechnet. Ich habe nämlich noch gar keine Idee."

„Das habe ich mir gedacht", antwortet der kleine Kobold. „Der Trunk wird jetzt langsam anfangen zu wirken. Ihr müsst nun in euch hineinhorchen und euch fragen, welche Ideen euch für den Bergtourismus kommen. Hört gut in euch hinein, nehmt euch Zeit! Wartet bis in euch der kleine Funken einer Idee wach wird. Beobachtet ihn und gebt ihm Zeit, zu wachsen und groß zu werden!"

Die beiden jungen Frauen schließen die Augen und versuchen, den Anweisungen des Kobolds zu folgen.

Lena öffnet als erste wieder die Augen. „Es reicht eben nicht, überall in den Tourismus Büros und an den Schranken den Bergsteigern Flyer oder Broschüren in die Hände zu drücken. Das wird ja doch nicht gelesen, sondern meist unbenutzt weggeworfen. Der ein oder andere mag vielleicht einmal hineinschauen, aber das bedeutet immer noch nicht, dass die Bergtouristen sich alle Regeln merken können. Man müsste sie dazu zwingen, alle Regeln auswendig zu lernen. Aber wie sollte man das schaffen?"

„In der Theorie klingt das ganz gut", findet Sonnenkraut. „Ja, die Menschen müssen sich einfach alle Regeln merken."

Laura öffnet die Augen. „Das ist doch ganz einfach: Wer Auto fahren will, der muss einen Führerschein machen. Und wer in die Berge wandern will, der muss eben einen Berg-Führerschein machen."

„Das gibt Verwirrung", findet der Kobold. „Es gibt ja einen „Bergführer-Schein", der berechtigt, andere Menschen durch die Berge zu führen. Aber ihr sprecht von ganz anderen Prüfungen und von einer ganz anderen Erlaubnis. Die müsste auch einen ganz anderen Namen haben."

„Man könnte diesen Schein nach einer bestandenen Prüfung auch „Alpen-Pass nennen", überlegt die junge Frau.

Maurizia schüttelt den verschleierten Kopf, und Sonnenkraut scheint die Ministerin zu verstehen. „Das Wort „Alpen-Pass", gibt es ja auch schon und hat eine ganz andere Bedeutung. Das sind die Übergänge, die Wege, die man über die Gipfel hinweg benutzen kann."

Lena hat eine Idee. „Dann müssen wir diesen Schein eben „Bergwander-Pass", oder „Alpen-Wanderpass", nennen. Über den genauen Namen kann man ja später immer noch diskutieren. Wichtig ist nur, dass man alle Leute, die in die Berge wandern wollen, dazu auffordern muss, einen solchen Führerschein zu erwerben. Und um diese Prüfung zu bestehen, müssen sie sich erst einmal mit dem Gebirge auseinandersetzen, in das sie hinein wandern wollen."

Maurizia nickt und lässt den Schleier fallen. Die beiden Frauen sehen in ihr Gesicht und entdecken eine Koboldin, deren Haut zartgelb gefärbt ist. Mit zwei großen dunklen Augen sieht sie die junge Frau an. „Ja, damit könnte die Kaiserin Zara zufrieden sein. Alle Menschen, die in die Berge hineinspazieren wollen, müssen sich zuerst mit diesen Gegenden vertraut machen und alles lernen, was für das Betreten wichtig ist. Eine theoretische Prüfung ist das Mindeste, eine praktische dazu wäre natürlich ideal. Das könnte man natürlich variieren. Für Leute, die vielleicht nur mal ein Spaziergang um den Sella Pass herum unternehmen wollen, reicht vielleicht eine Prüfung über das theoretische Wissen. Aber für Bergsteiger und Sporttouristen sollte man auch praktische Prüfungen abhalten."

Die beiden jungen Frauen freuen sich. „So wird es funktionieren", hofft Laura. „Mit diesem Plan könnten wir Zara überzeugen."

Maurizia nickt. „Ich kann mir auch gut vorstellen, dass sich die Kaiserin darauf einlassen wird. Dann habt ihr jetzt aber noch einige schwierige Aufgaben vor euch."

Lena hebt verwundert die Augenbrauen. „Und ich dachte, wir könnten jetzt direkt zu Misto gehen und bei ihm das Losungswort abholen, mit dem Zara entzaubert werden kann. Die Kaiserin Galina will uns dafür verraten, wie die Antwort auf die Frage heißt, die uns bei Misto gestellt wird. Haben wir denn jetzt nicht alles, was wir brauchen?"

Sonnenkraut schmunzelt. „Im Prinzip schon. „Aber Misto und der Drache Rauputz, befinden sich im Streit, in einem ganz großen emotionalen Konflikt."

„Wir wissen, dass Rauputz glaubt, sein Kumpel Misto habe den großen Schatz gestohlen, der dem Drachen entwendet wurde", verrät Laura.

„Das ist richtig. Aber diese beiden ehemaligen Freunde sind voneinander sehr enttäuscht und befinden sich daher in einer äußerst schlechten Laune. Rauputz ist enttäuscht, weil er davon überzeugt ist, dass ihn sein guter Freund bestohlen hat. Und Misto ist sehr gekränkt, weil ihm sein bester Freund einen solch gemeinen Diebstahl zutraut. Da sind ganz große Enttäuschungen, sehr große Gefühle im Spiel. Und wenn das bei Kobolden der Fall ist, dann werden sie unberechenbar. Sie können dann sogar gefährlich werden."

Lena stöhnt. „Was können wir denn jetzt dagegen tun?"

„Ein paar Geschenke oder gute Worte werden da nicht helfen. Wenn sich die beiden so verrannt haben, dann helfen keine Überredungskünste. Da sollte man sich entweder einen Trick oder einen Zauber ausdenken", rät ihnen Maurizia.

„Das ist schlimm", findet Laura. „Mit guten Worten kann man sonst so manches Lebewesen zur Vernunft bringen. Aber wenn sich jemand darauf nicht einlässt, ist wirklich guter Rat teuer. Kannst du uns eine Hilfestellung geben?"

Die Ministerin schüttelt den Kopf. „Wenn wir einen Rat wüssten, hätten wir uns schon um die beiden gekümmert. Aber wir sind selbst hilflos."

„Und wer könnte uns da mit einem Zauber aushelfen?" erkundigt sich Lena.

„Es gibt keinen, der so stark ist, so viel zaubern kann wie diese beiden. Die Feen des Königs Novo können zwar zaubern, und dort gibt es auch sowohl gute als auch böse Zauberwesen, die große Kräfte haben. Doch Rauputz und Misto sind in diesem Tal die stärksten, sie verfügen über eine gewaltige Zaubermacht."

„Und wenn ganz viele gute und böse Zauberwesen aus beiden Reichen gemeinsam gegen die beiden angehen würden?" schlägt Laura vor.

„Das bringt leider nichts", weiß Sonnenkraut und sieht die beiden Frauen betrübt an. „Es wäre so, als versuchten riesige Armeen von Ameisen die Dolomiten fortzubewegen."

„Was können wir jetzt tun?"

Die Ministerin überlegt. „Am besten geht ihr zum Meggima-See. Wenn man dort am Ufer sitzt, gelingt es einem häufig, aus der Tiefe dieses Gewässers ein paar Ideen zu fischen."

Lena hebt die Augenbrauen. „Und wie sollen wir das anstellen?"

„Ihr geht einfach dort hin, setzt euch ins Gras und schaut ins Wasser hinein. Wenn ihr lange genug hinschaut, dann wird schon irgendetwas hochkommen."

„Und das funktioniert?" erkundigt sich Laura zweifelnd.

„Es hat schon oft funktioniert", weiß Maurizia. „Ihr solltet es einfach probieren. Etwas anderes bleibt euch wohl auch nicht übrig."

„Wir geben euch aber noch einen guten Proviant mit", verspricht Sonnenkraut. „Vor allem von diesem frischen Trunk, den ihr heute Morgen bereits probiert habt. Tatsächlich fördert er auch die Konzentration, und das könnt ihr sicher gut gebrauchen. Und wenn ihr einen Plan habt, dann kommt ihr zurück, damit euch Königin Galina die Antwort auf Mistos Frage verrät."

„Dann wollen wir jetzt lieber auch sofort aufbrechen", entscheidet Lena. „Wir möchten auf keinen Fall Zeit verlieren."

Die beiden jungen Frauen bedanken sich für die freundliche Aufnahme und verabschieden sich von ihren Gastgebern.

*

Kapitel 13

Als die beiden Frauen am Meggima-See ankommen, ist es bereits später Nachmittag.

Ein paar Urlauber tummeln sich am Ufer und genießen den warmen Sommertag.

„So richtig romantisch ist es jetzt hier nicht", mault Lena. „Ob uns der See jetzt seine Geheimnisse preisgibt?"

„Wir müssen es versuchen. Man weiß ja nie, ob nicht sonst hier irgendwo etwas eskaliert. So wie uns die Ministerin und Sonnenkraut erzählt haben, müssen der Drache und der bezaubernde Kobold Misto unberechenbar sein."

Die beiden Freundinnen setzen sich ins Gras und versenken ihren Blick im Wasser, das den violetten Abendhimmel spiegelt.

Eine ganze Weile sitzen sie so da und versuchen, sich auf die wichtige Frage zu konzentrieren, wie man die beiden Ungeheuer versöhnen und notfalls auch überlisten kann.

Die Sonne ist schon hinter den Bergen verschwunden, als Lena einen Gedanken gefunden hat.

„Wir müssen zu Rauputz gehen, zuerst zu ihm, denn er ist derjenige gewesen, der zuerst diese bösen Gedanken gehabt hat. Er hat seinem Freund den Diebstahl unterstellt."

„Und du bist sicher, dass Misto nichts mit dem Diebstahl zu tun hat?" fragt Laura nach.

„Es erscheint mir sehr logisch. Wenn er selbst sehr reich ist, wozu sollte er sich noch die Schätze seines Freundes aneignen?! Und warum sollte er seinen Freund bestehlen? Irgendwann kommt so etwas immer heraus, und mit so etwas setzt man eine Freundschaft aufs

Spiel. Die Erklärung, dass dieser Zauber nicht richtig gelungen ist, erscheint mir auch sehr glaubhaft. Denk dir nur einmal, wie schwierig es oft für Forscher ist, ein Experiment erfolgreich abzuschließen. Denk doch einmal an die ganzen Alchimisten von früher, wie sie gekocht und gezaubert haben. Da ist bestimmt auch so manches schief gegangen."

Laura überlegt. „Du könntest Recht haben. Es heißt ja auch, viele Köche verderben den Brei. Und gerade wenn man es besonders gut machen will, dann geht oft etwas schief. Rauputz und Misto haben eine ganze Weile experimentiert und waren dann froh, dass sich die Kaiserin in eine Gams verwandelt hat. Da halte ich es für möglich, dass sich die beiden begeisterten Ungeheuer bei ihrem Hokuspokus etwas verzaubert haben."

Lena nickt. „Ja, das denke ich auch. Außerdem ist der Schatz bis jetzt noch nirgends aufgetaucht. Wenn sich Rauputz so sicher gewesen wäre, hätte er doch bestimmt schon einmal Mistos Höhle durchsuchen lassen, ob sich der Schatz dort befindet."

„Naja, mit den Höhlen, da läuft es wohl noch etwas anders", wendet Laura ein. „Wir haben es bei Hohlzahn erlebt, wie viele Überraschungen es da geben kann. Manche gehen hier auch bis tief in die Erde hinein, und da kann ich mir vorstellen, dass man da auch schon mal etwas verstecken kann. Aber auf der anderen Seite haben wir ja noch den beleidigten Misto. Ich denke, er wäre nicht so gekränkt, wenn er diese Tat wirklich begangen hätte."

„So denke ich auch", fügt Lena hinzu. „Und wir müssen jetzt diesem Drachen beibringen, dass er sich und alle anderen Wesen in große Gefahr bringt."

Laura reißt die Augen auf. „Was hast du vor? Hoffentlich bringst du uns damit nicht in Gefahr.“

„Nein, da musst du dir keine Sorgen machen. Aber ich glaube, dieses Vitamingetränk, dass wir bekommen haben, das macht ganz schön fit.“

„Gut, ich vertraue dir“, antwortet Laura schmunzelnd. „Wir sind ja zum Glück echte Freundinnen, daran könnten sich die beiden Bösewichte ein Beispiel nehmen. Wo ist denn die Höhle, in der Rauputz zu finden ist?“

„Irgendjemand hat mir einmal gesagt, dass alle Haupteingänge hier ganz in der Nähe sind. Ich denke, wir müssten einmal Lorena rufen. Sie könnte uns sicherlich Genaueres sagen.“

„Ihr müsst mich nicht erst rufen“, ertönt eine bekannte Stimme neben ihnen. Die beiden jungen Frauen entdecken die kleine Elfe, die sich vor ihnen auf einen Stein gesetzt hat.

„Wie schön, dass du da bist!" ruft Laura erfreut aus. „Du bist nicht nur schneller als der Blitz, du hast auch ein unglaublich sensibles Gespür und bist schon da, bevor man dich ruft."

„Manchmal kann ich auch ein bisschen hellsehen, aber oft ist es gar nicht so geheimnisvoll. Denn dann muss ich nur gut kombinieren und zwei und zwei zusammenzählen."

„Es ist ja auch egal, wie du das machst", findet Lena, „bewundernswert ist auf jeden Fall, dass du uns immer wieder zu Hilfe eilst."

„So ganz eigennützig ist das nicht", gibt Lorena zu. „Mir liegt diese Angelegenheit mindestens genauso am Herzen wie euch, und ich würde mich riesig freuen, wenn sich hier wenigstens einmal die Geister vertragen würden. Vielleicht ist die Natur dann so überzeugend, dass die Menschen alle nachziehen."

„Das wäre zu schön", bemerkt Laura. „Dabei könnten sich alle viel wohler fühlen. Und jetzt kommen wir zur Sache. Wo ist die Höhle des Drachen?"

„Wie ihr schon vermutet habt, ist der Haupteingang hier ganz in der Nähe. Sein Pförtner ist eine alte Kröte, die ich ganz gut kenne. Sie ist in Ordnung, auch wenn sie sich manchmal ein bisschen aufbläst. Im Allgemeinen kann man mit ihr gut zurechtkommen. Dann folgt mir bitte einmal!" fordert Lorena die beiden jungen Frauen freundlich auf.

Die Dämmerung bricht herein, und die Freundinnen erkennen, dass die kleine Elfe wie ein Glühwürmchen leuchtet.

Kaum haben sie den kleinen Fichtenwald, der nur aus wenigen hohen Bäumen besteht, hinter sich gelassen, erkennen Laura und Lena einen Höhleneingang, der sich unter einer riesigen Wurzel befindet.

„Wir sind schon angekommen", verkündet die fliegende Freundin den beiden jungen Frauen. „Hier, in dieser uralten Höhle lebt der Drache Rauputz, und weil er sich oft wie ein ungehobelter Klotz benimmt, wohnt er auch allein. Misto war tatsächlich der Einzige, der seine grobe Art ausgehalten hat. Und Miranda, seine Kröte, sie ist die Einzige, die ihn so zu nehmen weiß, wie er ist."

Wie gerufen erscheint am Eingangstor eine himmelblaue Kröte und schaut die Gäste verwundert an. „Was wollt ihr denn noch so spät hier?"

Die kleine Elfe setzt sich vor Miranda auf den Boden und flötet mit zarter Stimme. „Wir haben eine wichtige Botschaft für deinen Herrn. Deswegen müssen wir ihn dringend sprechen. Und sage uns jetzt nicht, dass es dafür schon zu spät wäre, das stimmt nämlich nicht. Ich weiß genau, dass Rauputz noch nicht schläft, weil er vor lauter schlechtem Gewissen kaum noch schlafen kann."

Die Kröte antwortet in beleidigtem Ton: „Ich habe ja gar nicht gesagt, dass es für den Drachen zu spät ist. Aber für mich ist es spät, denn ich bin schon sehr müde."

„Das tut mir sehr leid für dich", antwortet Lorena schmeichelnd. „Aber in diesem Fall musst du deine Müdigkeit noch etwas verschieben, denn die Nachricht ist wirklich lebenswichtig für deinen Herrn."

„Um was handelt es sich dann?" möchte Miranda wissen.

„Das können wir dir leider nicht auf die Nase binden, denn es ist etwas ganz Privates, sozusagen eine „Stille Post".

Die Kröte seufzt. „Also gut, weil du es bist, will ich eine Ausnahme machen und meinen verdienten Schlaf noch etwas nach hinten verschieben. Ich werde jetzt meinen Herrn fragen, ob er bereit ist, euch zu empfangen. Aber mach dir nicht allzu viel Hoffnung, er ist äußerst schlecht gelaunt."

„Das wissen wir", antwortet die kleine Elfe gelassen. „Aber es geht um Leben und Tod, und deswegen ist es besser, wenn du Rauputz davon überzeugst, dass er uns anhören muss."

„Also gut", entscheidet das himmelblaue Tier und hüpft in die Höhle hinein.

Kurze Zeit später erscheint der himmelblaue Drache hinter seiner himmelblauen Kröte, und an seinen rollenden Augen können die Wartenden erkennen, dass er sehr ungehalten ist.

Als er das Maul zum Sprechen öffnet, erkennen die beiden Frauen, dass sein ganzes Gebiss aus Goldzähnen besteht.

Lena stupst Laura an und flüstert: „Das ist vielleicht der verschwundene Schatz."

Doch bevor die Freundin antworten kann, erhebt Rauputz seine mächtige Stimme. „Wer seid ihr überhaupt? Und warum wagt ihr es, mich stören?"

„Weil wir eine lebenswichtige Nachricht für dich haben", antwortet Lena. „Und wir sind zwei Frauen mit Namen Laura und Lena, die erfahren haben, dass sich dieses Tal in verschiedener Hinsicht in Gefahr befindet."

„Das Tal geht mich nichts an, solange ich in meiner Höhle bleibe", brummt der Drache.

„Wenn du uns nicht mithilfst, die Gefahr zu bannen, wird es vielleicht auch deine Höhle bald nicht mehr geben", malt ihm Laura eine düstere Zukunft vor.

Rauputz rollt die Augen. „Was soll denn das heißen? Meine Höhle ist ein sicherer Platz hier auf der Bergtrasse. Hier gibt es keinen Steinschlag und keine Überschwemmung, und selbst wenn von oben ein Gletscher rutscht oder eine Schneelawine kommt, bin ich hier unten geschützt.“

„Aber sie kann dir um die Ohren fliegen“, prophezeit Lena düster.

„Hier gibt es keine tätigen Vulkane mehr, schon seit vielen, vielen Jahren nicht mehr, und ich esse nur Rohkost, brauche also kein Feuer und kein Gas. Warum sollte mir dann meine Behausung um die Ohren fliegen?“

„Das ist eine komplizierte Geschichte“, beginnt die blonde junge Frau. „Willst du sie hören?“

„Wenn ihr nun schon einmal hier seid, und unbedingt eure zweifelhaften Geheimnisse preisgeben wollt, dann schieß schon endlich los!“

„Wir haben festgestellt, dass du hier im Moment in einer gespannten Beziehung mit deinem Freund Misto lebst. Du bist wütend auf ihn, weil du glaubst, er hat deinen Schatz entwendet.“

„Was hat denn das jetzt damit zu tun?"
fragt der Drache genervt.

„Das wirst du gleich hören, es hat sehr
viel damit zu tun", antwortet Lena fest.
„Gibst du zu, dass du böse auf deinen
Freund bist?"

„Natürlich bin ich das. Das ist ja wohl
auch selbstverständlich, und dazu habe
ich auch mein gutes Recht. Wenn man
von einem Freund bestohlen wird, dann
kann man wohl auch sauer sein, oder?"

„Aber nur wenn solch eine Tatsache
feststeht", fährt die junge Frau fort. „Bei
Gericht heißt es immer: Im Zweifel für
den Angeklagten. Und so sollte es auch
bei dir sein! Mistos Schuld ist nicht
bewiesen, und das Verschwinden des
Schatzes kann ganz viele Ursachen
haben."

„Was bildet ihr euch eigentlich ein?!"
schimpft Rauputz. „Das alles geht euch
gar nichts an."

„Es geht um dich und deine Sicherheit“, erinnert ihn Lena. „Gibst du zu, dass du voller negativer Energie bist, die dich nicht einmal schlafen lässt?“

„Pah! Ich bin stinkwütend, natürlich, und das gebe ich auch zu. Ich könnte gerade zu platzen vor negativer Energie.“

„Und genau darum geht es“, ergreift die junge Frau wieder das Wort. „Weißt du denn nicht, dass sich negative Gedanken, negative Gefühle, und die gesamte negative Energie wie Dynamit verhalten?!“

„Was willst du denn jetzt damit sagen?!“ antwortet Rauputz mit einer Gegenfrage.

„Negative Energie ist wie Gewitterstimmung, wie Spannung in der Luft“, berichtet Lena. „Und du weißt wahrscheinlich auch, dass dein Freund Misto im Moment schrecklich sauer auf dich ist?“

„Ja, davon habe ich auch gehört", gibt
der Drache zu. „Und bestimmt hat das
mit seinem schlechten Gewissen zu tun,
weil er mich bestohlen hat, und weil er
lügt, und nicht zugibt, dass er der Dieb
ist."

„Abgesehen davon, dass er Recht haben
könnte, steht damit fest, dass sich in
ihm und um ihn auch ganz viel negative
Energie angesammelt hat. Ihr beide, du
und Misto, ihr wart vorher gute
Freunde. Aber jetzt seid ihr aufgeladen
mit gespannter, negativer Energie. Und
wenn sich da nicht bald etwas ändert,
wird hier alles in die Luft fliegen. Ein
einziger Funke zwischen euch genügt,
und es gibt Blitz und Donner. Und eine
riesengroße Katastrophe. Dann ist nicht
nur das schöne Tal verloren, sondern
eure beiden Höhlen werden als erstes in
die Luft fliegen, und das von eurer
eigenen negativen Energie. Denn wie
gesagt, negative Energie verhält sich wie

Dynamit, irgendwann fliegt damit alles in die Luft."

„Wie kommst du eigentlich darauf?" will er wissen.

„Ja weißt du denn nicht, wie die Kriege angefangen haben, die Kriege der Menschen?!" stellt sie jetzt eine Gegenfrage.

Er pustet durch seine Nasenlöcher und feuchter Atem tritt hervor, der eine kleine Nebelwolke entstehen lässt. „Doch, das weiß ich schon. Erst haben sich alle vertragen, dann haben sie sich gegeneinander verschworen, und dann haben sie alles in die Luft gejagt. Und wo war da die negative Energie?"

„Zuerst in den Köpfen vieler Menschen, dann auch in ihren Herzen und ihren gesamten Emotionen, und später haben sie die Waffen genommen, die voller negativer Energie waren. So läuft das eben."

Rauputz atmet tief. „Aber so ist das eben. Und wir sind jetzt eben wütend aufeinander. Was sollte ich denn dagegen tun?"

„Du warst jetzt eigentlich lange genug wütend mit deinen Fantasievorstellungen", erinnert ihn Lena. „Es ist nicht erwiesen, dass Misto der Dieb ist."

„Wer sollte es denn sonst gewesen sein?!" fragt er unwirsch.

„Im Moment kann es noch jeder gewesen sein. Aber hast du auch schon einmal darüber nachgedacht, dass irgendetwas nicht ganz richtig gelaufen ist, als ihr Kaiserin Zara verzaubert habt?!"

Der Drache sieht sie böse an. „Wir haben noch nie etwas falsch gemacht. Wir achten immer darauf, dass wir die Rezepte hundertprozentig gut ausarbeiten. Dann prüfen wir alles noch einmal nach, in der Theorie, und erst dann gehen wir zur Praxis über. Und bei der Ausführung sind wir auch hundertprozentig gut.“

Lena seufzt. „Mal abgesehen davon, dass jeder einmal einen Fehler machen kann, jeder Mensch und auch jedes andere Lebewesen, so besteht doch auch die Möglichkeit, dass ihr durch irgendetwas oder durch irgendjemanden gestört wurdet. Da könnte sich irgendeine andere Zauberenergie da mithinein gemischt haben, absichtlich oder unabsichtlich. Es gibt doch unzählige Möglichkeiten, und es lohnt sich bestimmt, einige davon in Betracht zu ziehen.“

Rauputz hebt den Kopf hoch „Warum sollte ich das tun?!“

„Dafür gibt es gleich zwei gute Gründe“, fährt Lena fort. „Der erste Grund ist schon einmal existenziell wichtig. Denn wenn ihr diese negativen Energien weiterhin so in die Gegend pustet, ist die große Katastrophe unabwendbar. Der zweite Grund, der betrifft eure Freundschaft. Lena und ich, wir sind auch Freundinnen, aber wir wissen auch, dass wir diese Beziehung pflegen müssen. Zu einer freundlichen Beziehung gehört auch immer das Vertrauen. Freunde müssen sich einfach vertrauen, sonst steht diese Beziehung auf einem wackeligen Grund. Wenn ich meiner Freundin etwas unterstelle, sie einfach so ins Blaue hinein verdächtige, dann gefährde ich damit Freundschaft zu Laura. Umgekehrt wäre es dasselbe. Und ich denke, meine Freundin wäre zu Recht verletzt, wenn ich ihr einfach etwas unterstelle. Selbst wenn die Indizien gegen Laura sprechen würden, wäre ich bestimmt die erste, die trotzdem an ihre Unschuld glaubt. Es gehört eben nicht nur Vertrauen dazu, sondern auch der Wille, den anderen in einem guten Licht zu sehen und für ihn einzustehen. War eure Freundschaft bisher denn nicht auch so?“

Der Drache atmet tief. „Da hast du aber eine lange Predigt vom Stapel gelassen. Und du meinst, du hättest mich damit beeindruckt?"

„Eigentlich habe ich gehofft, dass du erkennst, dass eine Freundschaft wertvoll ist. Ich hatte gehofft, dass ihr gute Freunde wart und es eigentlich auch bleiben wollt."

„Natürlich waren wir gute Freunde. Misto und ich, wir haben sehr viel Gemeinsames erlebt, Gutes und weniger Gutes. Und wir haben immer zueinandergestanden. Aber genau das ist es ja, deswegen bin ich ja so enttäuscht. Weil ich nie gedacht hätte, dass es Misto fertigbringt, seinen besten Freund zu bestehlen."

„Aber nun hast du es doch gedacht. Warum hast du es gedacht? Vertraust du ihm nicht mehr?"

„Ich konnte mir eben nicht vorstellen, dass noch jemand anders seine Hand mit im Spiel haben könnte. Und ich war mir ganz sicher, dass unser Zauber hundertprozentig geklappt hat.“

„Aber diese andere Möglichkeit besteht“, behauptet Lena hartnäckig. „Oder kannst du diese Möglichkeit völlig ausschließen? Ich hatte gehört, dass du ein sehr intelligenter Drache bist, der ein gutes Denkvermögen hat.“

„Man muss natürlich ständig an alles denken und alles im Blick haben“, gibt er wie beiläufig zu. „Aber immerhin war die Wahrscheinlichkeit hoch, dass es sich bei Misto um den Dieb handelt, denn er hatte ja eine gute Gelegenheit, während wir tatsächlich keine andere Person, kein anderes Wesen entdeckt haben, das zur selben Zeit in der Höhle war. In der Regel verfolgt man doch die Dinge, die am höchsten wahrscheinlich sind, oder?“

„Zuerst vielleicht ja, aber, bevor man seinen besten Freund als Dieb abgestempelt, sollte man doch noch einmal alle anderen Möglichkeiten untersucht haben. Du hast gerade gesagt, dass ihr niemanden bemerkt habt. Aber ihr Zauberwesen wisst doch noch besser als wir Menschen, dass es auch unsichtbare Wesen und Kräfte geben kann, die sich in dieser Zeit in eurer Nähe aufgehalten haben können. Und wenn du das völlig ausschließen kannst, dann könntest du noch einmal prüfen, ob bei eurem Zauber etwas schiefgelaufen ist."

„Zum Donnerwetter, nein! Was soll denn da schiefgelaufen sein!" schimpft Rauputz empört.

Lena lässt nicht locker. „Es ging zu dieser Zeit darum, dass aus der Kaiserin Zara ein Tier wird, das sich nur noch oben in der Felsenregion auffällt. So habe ich es jedenfalls verstanden. So weit habt ihr das ja auch gut hinbekommen. Aber vergiss nicht, dass ihr mit diesem Zauber dem Wunsch einiger böser Menschen nachgekommen seid, die die Kaiserin aus dem Weg räumen wollten, weil sie ihnen unbequem war. Das waren mit Sicherheit keine freundlichen Menschen voller positiver Energie. Nein, ich denke, sie waren voller negativer Energie. Vielleicht haben sie euch davon ein paar Funken in der Höhle zurückgelassen. Und die haben sich dann mit eurem genialen Zauber vermischt. Wäre das nicht eine Möglichkeit?!"

Rauputz überlegt. „Diese Möglichkeit habe ich tatsächlich außer Acht gelassen. Vielleicht lohnt es sich, einmal darüber nachzudenken. Nun habt ihr mich aber lange genug aufgehalten, und ihr solltet wieder nach Hause gehen!"

Laura sieht den Drachen fragend an. „Und wie geht es jetzt weiter? Gibst du uns Bescheid, wenn du mit dem Überlegen fertig bist?"

Er gähnt. „Ich kann euch nichts versprechen. Gute Nacht!" Mit diesen Worten dreht er sich um und verschwindet in der Höhle.

Die blaue Kröte gähnt ebenfalls. „Dann seht mal zu, dass ihr ins Bettchen kommt, denn ich bin jetzt krötenmüde. Gute Nacht!"

*

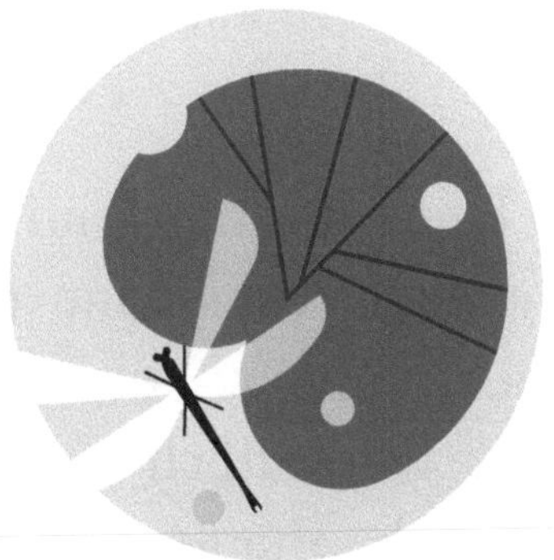

Kapitel 14

Marisa zeigt sich sehr erfreut, als die beiden jungen Frauen vor ihrer Tür stehen.

„Ihr könnt heute Nacht bei mir schlafen", schlägt sie ihnen vor, „dann müsst ihr heute nicht mehr eure Zimmer aufsuchen. Vermutlich habt ihr bestimmt auch Hunger nach dieser langen Wanderung und den Abenteuern, die ihr bereits erlebt habt."

Lena und Laura folgen ihrer Einladung gern und machen es sich in der gemütlichen Bauernstube der kleinen Hütte bequem.

So, als hätte die alte Frau ihre Ankunft erwartet, zeigt es sich nun, dass sie eine Gemüsesuppe auf dem Herd warmgehalten hat, die sie den beiden Freundinnen sogleich serviert.

„Die trockenen Früchte und Nüsse, sowie das Früchtebrot sind zwar manchmal ganz nahrhaft", bemerkt sie, „aber wir Menschen essen doch nicht nur Rohkost und sind auch daran gewöhnt, ab und zu einmal etwas Heißes zu essen."

Tatsächlich verspüren die beiden jungen Frauen beim Anblick der duftenden Suppe großen Hunger und langen mit Appetit zu.

„Wahrscheinlich möchtet ihr jetzt von mir auch wissen, wie ihr weiter vorgehen sollt", meint Marisa schmunzelnd. „Denkt nicht, ich könnte hellsehen! Ich habe nur gute Kontakte zu allen Berggeistern hier, die mich über eure Abenteuer unterrichtet haben. Bis jetzt ist ja alles noch recht glimpflich abgelaufen", findet sie.

Lena nickt. „Jetzt wünschen wir uns natürlich, dass alles so geschieht, wie wir uns das vorstellen. Wir hoffen, dass sich Galina und Novo versöhnt haben, und wir wünschen uns ganz dringend, dass sich Rauputz unsere Worte zu Herzen nimmt."

„Vom König und der Königin kann ich euch schon etwas berichten", teilt sie ihren Gästen lächelnd mit. „Sie befinden sich immer noch in Novos Sommerlager und plaudern schon unentwegt seit vielen Stunden. Anscheinend haben sie sich viel zu erzählen, denn es ist ja schon eine Weile her, seit sie sich zum letzten Mal gesprochen haben. Sie reden sehr freundlich miteinander, und die Fee Lamina hat gesehen, dass sich die beiden Regenten auch liebevolle Blicke zugeworfen haben, zunächst noch sehr zaghaft und verbunden mit verstohlenen Blicken. Doch bis jetzt hat keiner dem anderen Vorwürfe gemacht, und sie reden tatsächlich so miteinander, wie man es als erwachsene Wesen tun sollte."

Lena atmet auf. „Das lässt hoffen. Daran kann man anknüpfen."

Auch Laura atmet tief. „Darauf kann man aufbauen. Hast du schon etwas von Rauputz gehört?"

„Nein, der grummelt immer noch in seiner Höhle. Und ab und zu kommt ein bisschen Dampf und etwas Rauch aus dem Eingang heraus. Die blaue Kröte meint, das sei ein gutes Zeichen."

Die beiden sehen Marisa verwundert an. „Warum soll das ein gutes Zeichen sein", erkundigt sich Lena.

„Miranda sagt, seine aufgestauten, negativen Gefühle entspannen sich und er lässt Dampf ab. Und der Rauch, der kommt aus seinem Kopf, weil er so viel denkt."

„Das ist immerhin schon etwas", meint Laura. „Dann können wir doch schon einmal zur Königin gehen, und sie um die versprochene Antwort für Mistos Frage bitten."

„Es ist besser, wenn ihr die Königin jetzt nicht stört. Das könnte den ganzen Friedensweg verlangsamen. Aber es gibt da noch jemand anderen, der sich damit auskennt."

Die junge Frau freut sich. „Das ist ja fantastisch! Dann kommen wir doch schon weiter. Wer ist es denn?"

„Das ist die Spinne Tausendschönchen", verrät Marisa. „Und sie wohnt hier gleich um die Ecke. Die könnt ihr morgen früh gleich besuchen."

Laura staunt. „Eine Spinne mit solch einem Namen?"

„Warum nicht? Sie ist wunderschön, auf ihre Art. Man musste sie nur einmal genauer betrachten", antwortet die ältere Frau.

„Aber woher weiß sie das Losungswort?" erkundigt sich Lena. „Kennt sie Misto näher?"

„Sie hat eine ganze Weile in Mistos Höhle gelebt. Direkt über dem Eingang."

Lena hebt die Augenbrauen. „Und wie haben sich die beiden vertragen? Wusste er etwas von seiner Mitbewohnerin?"

Marisa schmunzelt. „Oh ja, sie hat ihn doch bewacht."

Laura sieht ihre Gastgeberin ungläubig an. „Die Spinne hat dieses Monster bewacht?!"

Die ältere Frau nickt. „Tausendschönchen ist eine flinke Weberin. Sie hat stets ein Netz über den ganzen Eingang gesponnen. Und wenn jemand kam, und es zerrissen hat, lief sie blitzschnell zu Misto und warnte ihn."

„Aber warum ist sie denn jetzt nicht mehr dort?" möchte Lena wissen. „Haben sich die beiden zerstritten?"

„Oh nein! Die beiden haben sich friedlich getrennt. Tausendschönchen hat sich in einen Weberknecht verliebt und ist zu ihm hier nach Mühlwald gezogen. Sie haben zusammen schon eine ganze Menge Kinderchen bekommen.“

Laura atmet auf. „Endlich mal eine Geschichte, die gut ausgegangen ist. Ich hatte schon befürchtet, dass auf dem ganzen Tal ein Fluch liegt, der dafür sorgt, dass sich die Paare entzweien oder Streit miteinander haben.“

„Nein, so böse war zum Glück bis jetzt noch kein Zauberer, und ich denke, hier ist so viel gute Energie, dass das Böse hier nicht dauerhaft auf fruchtbaren Boden fallen kann. Doch jetzt ist es spät, und ihr solltet etwas schlafen gehen. Wenn euch die Spinne das Losungswort verrät, dann habt ihr noch ein großes Abenteuer vor euch. Man weiß nie, wie Misto gelaunt ist. Und vergesst die Himmelschlüssel nicht. Ich werde euch ein paar auf den Küchentisch legen. Denn morgen früh, wenn ihr aufsteht, bin ich schon unterwegs."

„Können wir dir irgendwie helfen", erkundigt sich Lena. „Hast du etwas Schwieriges vor?"

„Nein, es ist der ganz normale Tagesablauf. Ich gehe in die Wiesen und in den Wald und sammle die Samen für die Kräuter, die ich züchte. Da gibt es immer wieder etwas zu tun."

„Es tut mir leid. Hoffentlich haben wir dich jetzt nicht zu lange aufgehalten", entschuldigt sich Laura.

Marisa beruhigt die junge Frau. „Keine Sorge! Ich brauche nicht viel Schlaf. Das liegt daran, dass ich verschiedene Tees trinke, die mir einen tiefen und gesunden Schlaf schenken."

Sie wünscht ihnen eine gute Nacht und viel Glück für die Vorhaben am nächsten Tag und entfernt sich.

*

Kapitel 15

Lena und Laura erwachen nach einem erholsamen Schlaf und lassen sich das Frühstück, das Marisa für sie vorbereitet hat, gut schmecken.

Da gibt es frische Früchte zum Müsli und Rührei zum selbstgebackenen Vollkornbrot. Kaffee, Tee und frisch gepresster Obstsaft stehen ebenfalls bereit.

So gestärkt, mit neuem Mut und Tatendrang und mit der Wegbeschreibung, die ihnen ihre Gastgeberin auf den Tisch gelegt hat, machen sich die beiden jungen Frauen auf den Weg zu Tausendschönchen.

Die Spinne wohnt nun mit ihrer Familie in einem alten hohlen Baumstamm, der sich in einem abgelegenen Waldstück befindet.

Der Weg dorthin liegt im Sonnenschein und die beiden Freundinnen genießen die aromatische Wiesenluft, die ihnen immer wieder gute Laune vermittelt.

„Eigentlich möchte ich gar nicht mehr wieder zurück nach Hause", verrät Lena mit Bedauern in der Stimme. „Am liebsten würde ich immer hierbleiben."

Laura betrachtet das Bergpanorama. „Hier gibt es Ausblicke, die einen erstaunen lassen. Die Bergmassive zeigen sich wie ein monumentales, steinernes Kunstwerk und ragen stolz in den azurblauen Himmel hinein. Die bunten Wiesen lassen das Herz tanzen, wie die Schmetterlinge, die über den Blüten schweben. Der Wind klingt wie Musik, wenn er die Blütenkelche zum Schwingen bringt, zart wie eine Symphonie, und wie eine dramatische Ouvertüre, wenn er die Äste der Bäume bewegt."

Lena schmunzelt. „Ich spüre es schon. Du bist auch verliebt in dieses Tal. Ich denke, dies ist hier nicht der letzte Urlaub, den wir im Pustertal verleben.“

Die Freundin nickt. „Auch wenn wir noch eine ganze Menge Arbeit haben werden, und nicht wissen, wie das Ganze hier ausgeht. Trotzdem habe ich das Gefühl, dass wir wenigstens in geringem Maße schon etwas bewegen konnten. Und das macht mich froh.“

Sie biegen vom Hauptweg ab und gelangen über einen schmalen Pfad in den duftenden Nadelwald.

Auf der rechten Seite, zwischen dunkelgrünem Moos und frisch grünen Farnen, entdecken die beiden jungen Frauen den alten Baumstamm, auf dem sich einige Pflanzen ausgebreitet haben.

„Hast du Angst vor Spinnen?“ erkundigt sich Laura bei ihrer Freundin.

„Angst nicht direkt“, versucht die junge Frau, ihr Gefühl zu erklären. „Ich bin ein wenig schreckhaft, wenn sie erst so ruhig dasitzen und mich zu beobachten scheinen und dann plötzlich umhersausen. Ich fürchte mich eher vor ihren schnellen Bewegungen, auf die ich nicht vorbereitet bin."

„Ich bin auch kein Spinnenfreund", erklärt Laura. „Aber ich finde, dass sie sich sehr graziös bewegen mit ihren langen Beinen. Eine Balletttänzerin könnte da direkt neidisch werden."

Lena schmunzelt. „Wenn man eine Spinne als Balletttänzerin betrachtet, kann man die langen Beine schon als schön empfinden. Ich stelle mir gerade eine Spinne als Eiskunstläuferin vor. Das muss auch recht hübsch aussehen."

„Ja, möglicherweise sieht das ganz graziös aus. Ich bin auch schon sehr gespannt auf das Tausendschönchen."

Eine sanfte Stimme ertönt neben ihnen. „Dann will ich euch nicht länger auf die Folter spannen", macht sich die Spinnenfrau bemerkbar. Sie sitzt auf dem großen Blatt eines Busches, der neben dem Baumstamm wächst.

Die beiden jungen Frauen wenden ihren Blick zur Seite und betrachten die Sprecherin, deren große Augen auf die beiden Besucher gerichtet sind. Die hübschen langen Beine lässt sie herunterbaumeln.

„Marisa hat uns zu dir geschickt", beginnt Laura. „Wir möchten gern dafür sorgen, dass in diesem Tal die Natur wieder gesund werden kann. Daher sind wir hierhergekommen, um dich um einen Gefallen zu bitten."

Tausendschönchen lächelt. „Ihr seid mutig. Viele Menschen fürchten sich vor Spinnen und finden sie gar nicht schön. Meine Eltern gaben mir diesen Namen, damit ich mich schön fühle, auch wenn sich viele Menschen vor mir fürchten oder sogar ekeln. Das hat mir immer sehr viel Kraft gegeben, und daher bin ich die schnellste Weberin unserer

Gegend geworden. Aber ich weiß schon, warum ihr hier seid. Die kleine Elfe Lorena hat mich bereits besucht und mich auf euer Kommen vorbereitet."

Lena wundert sich. „Lorena? Woher wusste sie denn, dass wir dich hier heute besuchen. Kann sie hellsehen?"

„Nur ein bisschen", berichtet die Spinne. „Sie ist sehr hellfühlig und hat manchmal Vorahnungen. Oft ist sie auch vorausschauend, aber heute hat sie einfach nur Marisa beim Kräutersammeln getroffen und daher von eurem Vorhaben erfahren."

Laura atmet erleichtert auf. „Das klingt gut. Dann müssen wir dir nicht die ganze Geschichte noch einmal von vorn erzählen, denn sie ist wirklich lang. Wir möchten auch möglichst bald etwas bewegen, damit nicht noch ein Unglück passiert, wenn sich die negativen Energien möglicherweise verselbstständigen."

„Das ist ein vernünftiger Gedanke“, antwortet Tausendschönchen. „Tatsächlich hat es hier schon einige Geröll-Abgänge und Schneelawinen gegeben. Auch die wilden Wasser sind manchmal unberechenbar, von den Stürmen gar nicht erst zu sprechen. Daran hat sich schon mancher Berggeist ausgetobt.“

„Wir wollen also zu Misto spazieren und ihn um Einlass in die Höhle bitten“, fährt Laura fort. „Dazu benötigen wir aber die Antwort auf die Frage, die er gewöhnlich allen Besuchern stellt, bevor er sie eintreten lässt.“

„Er ist schon ein komischer Kauz“, findet Tausendschönchen. „Er benutzt immer wieder dieselbe Frage, weil er damit immer gut zurechtgekommen ist. Beim Fragenstellen ist er nämlich nicht sehr geschickt, und er befürchtet, dass eine neue Frage zu leicht sein könnte.“

„Wir haben gehört, dass es sich um eine Frage dreht, die mit den Blumen „Himmelschlüssel" zu tun hat. Ist das richtig?"

Die Spinne lächelt. „Ja, mit diesem Schlüssel des Himmels hat alles zu tun. Und die Entzauberung der Kaiserin wird auch geschehen, wenn Zara ihren erlösenden Satz aus dem Bereich dieser leuchtenden gelben Blume erhält. Er steht auf dem Dokument, das Misto in seiner Schatztruhe auf den Tisch bewahrt."

Lena seufzt „Wird Misto uns dieses Dokument einfach so mitgeben?"

„Er hat sich damals dazu verpflichtet. Der Zauber darf nämlich nur so lange aufrechterhalten werden, wie sich Zara uneinsichtig zeigt und weiter keine Urlauber, Bergsteiger und Sporttouristen in diesem Tal dulden will. Sobald aber jemand ein Konzept entwickelt, mit dem die Kaiserin einverstanden sein könnte, und die Hoffnung besteht, dass sie in Zukunft auch Touristen hier im Mühlwalder Tal dulden wird, muss ihr die Möglichkeit zur Entzauberung gegeben werden."

„Also muss uns Misto dieses Dokument geben?" hakt Lena nach.

„Wenn er schlecht gelaunt sein wird, wird er einige Zicken machen, und man muss ihn bitten und betteln. Aber er darf die Herausgabe des Dokumentes nicht verweigern. Ich hoffe, er ist gut gelaunt, wenn ihr kommt."

„In der letzten Zeit ist er immer schlecht gelaunt, hat man uns erzählt", berichtet Laura.

„Ja, das liegt daran, dass ihn sein bester Freund einen Dieb nennt. Das ist schon ein schwerer Schlag, der eine Freundschaft erschüttern kann. Früher, als ich noch bei ihm wohnte, war er nur schlecht gelaunt, wenn jemand Alpen-Blumen pflückte. Aber im Alter wurde er schon etwas nervöser. Jetzt ist er aufgrund der Unstimmigkeiten mit Rauputz so genervt, dass er bei jedem Flugzeug schlecht gelaunt ist, dass er über die Alpen fliegen sieht. Er schimpft dann immer über die Umweltverschmutzung. Natürlich ist das nicht unberechtigt, aber im Grunde genommen nervt ihn nur der Frust über die gescheiterte Freundschaft."

„Wir haben gestern mit Rauputz gesprochen und hoffen, dass er sich besinnt", berichtet Laura. „Er will über all das Gesagte nachdenken, worüber wir gesprochen haben."

„Davon hat mir Lorena auch schon einiges erzählt", gesteht Tausendschönchen. Wisst ihr denn auch schon, wie ihr euch verhalten müsst, wenn ihr zu der Kaiserin kommt, um ihr das Dokument zu geben?"

Die beiden jungen Frauen schütteln den Kopf. „Nein, das wissen wir noch nicht", antwortet Lena. „Gibt es da auch ein bestimmtes Ritual? Ich dachte, wir müssten ihr nur das Dokument übergeben, und dann wird sich die Gams automatisch wieder in eine Kaiserin verwandeln."

„Nein, ganz so banal geht es nicht vor sich", erzählt die Spinne. „Es ist schon wichtig, dass ihr bei dieser Entzauberung keine Fehler macht. Doch damit will ich euch jetzt noch gar nicht beunruhigen. Im Augenblick ist es erst einmal wichtig, dass ich euch die Antwort auf Mistos Frage verrate."

Laura atmet tief. „Wir sind schon sehr gespannt."

Tausendschönchen spinnt einen Faden, seilt sich vom Blatt ab und schaukelt in der Luft. „Misto fragt seine Besucher, was die Menschen früher aus den verdeckten Sprossen der Schlüsselblumen hergestellt haben, damit es juckt."

Lena reißt die Augen auf. „Die Menschen haben etwas daraus hergestellt, um ein Jucken zu erzeugen?! Was soll denn das gewesen sein?! Jeder ist doch froh, wenn es ihn nicht juckt.“

Die Spinne schaukelt ein wenig hin und her und lacht. „Es ist wirklich eine schwere Frage, und sie klingt absolut unsinnig. Aber diese Frage ist berechtigt, denn die Menschen haben tatsächlich aus den wurzelartigen Gebilden etwas hergestellt.“

„Dann spanne uns nicht so lang auf die Folter!“ bittet Laura. „Wir wollen doch zügig weiterkommen, um Schlimmes zu verhindern.“

„Ich dachte es mir doch, dass dies eine schwere Frage ist. Und deswegen ist es gut, dass ich euch die Antwort sage. Vor langer, langer Zeit stellten die Menschen von früher aus den dicken Sprossen der Schlüsselblumen Niespulver her.“

Die beiden Jungfrauen staunen und zeigen sich überrascht.

„Darauf wäre ich jetzt wirklich nicht gekommen“, gibt Lena zu. Und ich kann auch nicht verstehen, warum die Menschen von früher so etwas gebrauchten. Ich finde es scheußlich, wenn ich niesen muss.“

„Sie benutzten Niespulver, um verschiedene Krankheiten loszuwerden und nahmen allerlei Mittelchen ein, auch verschiedene Medikamente, die ihre Nase und auch damit den Körper von Krankheitskeimen befreien sollten. Wenn ihr mich fragt, ich kann es nicht leiden, wenn einer niest, denn dieser, oft feuchte Windstoß, hat mir schon oft mein Netz zerrissen.“

„Dann ist es gut, dass wir heute nicht mehr im Mittelalter sind“, findet Laura. „Wenigstens davor musst du jetzt keine Angst mehr haben. Müssen wir sonst noch etwas wissen, wenn wir jetzt zu Misto wandern?"

„Nein, alles andere wisst ihr ja schon. Vor allen Dingen müsst ihr ihn bei Laune halten, dann wird er sich schon fügen. Jetzt muss ich aber auch wieder zurück zu meinem Ehemann, er sieht es nicht gern, wenn ich mich mit Menschen einlasse, weil er schon erlebt hat, dass sie viele seiner und meiner Verwandten umgebracht haben."

„Ja, davon haben wir auch gehört", gibt Lena zu. „Ich kann die Menschen auch nicht verstehen, die die Insekten töten. Wenn wir wieder zurück sind, werde ich allen Menschen von dir und deiner Freundlichkeit, Schönheit und deiner Nützlichkeit erzählen, damit sie in Zukunft etwas achtsamer mit dir und deinen Verwandten umgehen."

„Ich danke euch sehr", antwortet Tausendschönchen gerührt.

„Wir danken dir auch recht herzlich“, schließt sich Laura an. „Viel Glück!“

„Ich bin zwar kein Glücksspinnchen, aber ich wünsche euch trotzdem ebenfalls viel Glück und Erfolg“, ruft ihnen die Spinne zu und schwingt sich in einem hohen Bogen durch die Luft.

Die beiden Freundinnen staunen über ihren weiten Flug, können jedoch nicht feststellen, wo sie landet. Wie ein Spuk ist sie plötzlich verschwunden.

„Diese Begegnung werde ich nie vergessen“, bemerkt Lena. „Und von heute an sehe ich Spinnen mit ganz anderen Augen.“

*

Kapitel 16

Marisas Wegbeschreibung zeigt den beiden jungen Frauen den kürzesten Weg zu Mistos Höhle.

Sie liegt am Berghang, versteckt hinter zwei großen Felsbrocken, die sich vor langer Zeit einmal vom Berg gelöst haben müssen, denn sie sind von dunklen Moosen und weitverzweigten Kriechpflanzen überwuchert.

Ein paar Wolken haben sich vor die Mittagssonne geschoben, als Lena und Laura den Eingang erreichen.

Zögernd bleiben sie stehen. „Ob wir wohl schon wieder gesehen oder angekündigt wurden?" überlegt Laura. „Bisher hatte ich das Gefühl, immer von kleinen oder großen Berggeistern beobachtet und begleitet zu werden."

„Solange sie es gut mit uns meinen, habe ich nichts dagegen", antwortet Lena. „Ich denke, wir können uns hier ein

Weilchen ausruhen und abwarten, ob uns Misto willkommen heißt."

„Misto heißt niemanden willkommen", ertönt eine blechern klingende Stimme. „Ich erwarte keine Besucher, und ich will auch keine Besucher haben."

Die beiden Freundinnen entdecken den lilafarbigen, einäugigen Zauberer, der mit seinem ovalen Körper mit den langen, dünnen Armen und den kurzen, dicken Beinen aussieht wie eine lebendige große Bohne aussieht.

„Wir bringen Schlüsselblumen und eine gute Nachricht", wagt sich Laura näher an den großen Kobold heran.

„Die Schlüsselblumen könnt ihr hierlassen", antwortete der Bergbewohner. „Dann sagt schnell, was ihr wollt, damit ich euch bald wieder wegjagen kann."

„Dein Freund Rauputz überlegt gerade, ob er dir gegenüber einen Fehler gemacht und sich falsch verhalten hat“, berichtet Lena eilig.

„Ich habe keinen Freund“, antwortet Misto brummend.

„Auch Freunde können sich mal streiten und sich böse sein“, versucht Laura, den Zauberer zum Nachdenken zu bewegen.

„Ich bin unschuldig, aber Rauputz hat mir einfach den Diebstahl unterstellt. So etwas gibt es nicht unter Freunden. Freunde müssen sich vertrauen“, antwortet er mit fester Stimme.

„Du hast recht gehabt, dass du auf ihn sauer warst“, räumt Lena ein, „aber inzwischen hat sich die Lage verändert. Der Drache denkt bereits über seinen Fehler nach, und das ist doch schon mal ein gutes Zeichen.“

„Ich glaube nicht, dass ich ihm verzeihen kann“, behauptet Misto. „Er hat mich sehr verletzt.“

„Wahrscheinlich wird er dich um Entschuldigung bitten, und wahre Freunde können sich auch verzeihen“, weiß Laura.

„Ich bin sehr skeptisch. Und nun könnt ihr wieder gehen. Ich habe eure Nachricht gehört. Haut ab!“ befiehlt er brummig.

„Das können wir noch nicht“, beginnt Lena einen neuen Vorstoß. „Wir haben nämlich bei der Königin Galina zusammen mit der Ministerin und einigen anderen Wesen aus ihrem Reich ein Konzept für den Naturschutz zusammengestellt, das auch bereits genehmigt wurde. Wir sind auf dem Weg zu Galina und danach zu der Kaiserin, und deswegen möchten wir von dir das Dokument mit dem Losungswort haben, damit Zara keine Gams mehr sein muss.“

Der Berggeist hebt die Augenbraue, die er über dem einen Auge in der Mitte der

Stirn trägt und sieht die beiden erstaunt an. „So weit seid ihr tatsächlich schon gekommen? Habt ihr auch einen Beweis dafür?"

„Wir haben gehört, dass ihr Kobolde, Feen, Zwerge und andere Berggeister immer sehr gut vernetzt seid. Du kannst dich jederzeit darüber informieren. Jeder Schmetterling, der hier herumfliegt, wird dir bezeugen können, dass wir die Wahrheit sagen", antwortet die junge Frau.

Misto atmet tief. „Auch wenn mein Name nicht gerade positiv klingt, so bin ich dennoch nicht so misstrauisch wie mein ehemaliger Freund Rauputz. Ich werde euch das einmal so abnehmen. Aber denkt ja nicht, dass ich euch einfach so in die Höhle hereinlasse, weil ihr mir die Blumen mitgebracht habt!"

„Ich denke, du willst uns eine Frage stellen, bevor du uns in die Höhle hineinlässt", erinnert ihn Laura.

Der einäugige, große Kobold hebt den Kopf. „So ist es. Und es ist eine sehr schwere Frage. Die meisten Besucher können sie nicht beantworten."

„Warum stellst du so eine schwere Frage?" erkundigt sich Lena. „Magst du keine Besucher?"

„Ich bin eben ein vorsichtiger Zauberer", versucht Misto seine Haltung zu erklären. „Im Moment fühle ich mich noch stark und voller Zauberkraft. Aber es gibt auch Wesen, deren Anwesenheit unangenehm ist und meine Kräfte schwächt. Deswegen sortiere ich ein bisschen aus. Wer sich mit Schlüsselblumen befasst, hat entweder ein Anliegen oder interessiert sich für die Natur. Daher sortiere ich mit meiner Frage gleich alle Besucher aus, die nicht hierher passen."

Laura nickt. „Das klingt logisch. Wir versichern dir, dass wir hier für dieses Tal nur das Beste wünschen. Deswegen bemühen wir uns auch, den Berggeistern dieses Tales zu helfen. Wenn du also so freundlich sein könntest, und uns die Frage stellst?“

Er überlegt einen Augenblick, dann sieht er die beiden Besucher triumphierend an. „Die Frage lautet: Was machten die Menschen im Mittelalter früher mit einem Pflanzenteil der Schlüsselblume, damit es juckt?“

Lena und Laura warten einen Augenblick, damit es so aussieht, als überlegten sie, wie die Antwort auf seine Frage lauten könne.

Misto lacht. „Natürlich wisst ihr das nicht. Ich habe es mir doch gleich gedacht. Kaum jemand weiß so etwas.“

Die dunkelhaarige Laura schließt die Augen kurz und beginnt dann laut und deutlich: „Was macht man schon, damit es einen juckt?! Sie haben Pulver aus den Wurzelsprossen hergestellt, damit es sie in der Nase kitzelt."

Der große Kobold staunt. „Potzblitz! Das hätte ich jetzt nicht gedacht. Dann seid ihr gar nicht so dumm, wie ich dachte. Aber ich lasse euch trotzdem nicht in die Höhle, denn ich darf euch bis zu drei Fragen stellen, das ist so das Gesetz."

Die beiden jungen Frauen sehen ihn entsetzt an. „Das hat uns aber niemand so erzählt. Es war immer nur von einer Frage die Rede."

Er sieht sie lauernd an. „Vielleicht hat euch ja auch jemand die Antwort verraten, und dann könnte ich sie sowieso nicht gelten lassen. Also, wenn ihr wirklich mit in die Höhle hineinwollt und euch dort den Brief holen möchtet, dann müsst ihr auch eine zweite Frage beantworten."

Lena stöhnt. „Dann bitte! Stelle uns die zweite Frage, und wir wollen versuchen, sie zu beantworten!"

Misto sieht die beiden schadenfroh an. „Das ist eine ganz komplizierte Frage. Und auf die Antwort werdet ihr bestimmt nicht kommen. Es geht auch dieses Mal wieder um Leute von früher, um euch Menschen. Und sie lautet: „Was haben eure Vorfahren früher im Frühjahr mit Hilfe der Schlüsselblume gelb gefärbt?" Das werdet ihr niemals herausfinden."

Die beiden jungen Frauen beraten sich.

„Was haben die Menschen früher alles mit Pflanzen gefärbt, Stoffe und Kleider und Wolle", schlägt Lena vor. „Das kann sehr viel gewesen sein. „Vielleicht haben sie auch mal Farben für Bilder daraus hergestellt."

„Ja, das ist gut möglich. Aber was haben die damals nur im Frühling gefärbt?" fragt sich Laura. „Was färbt man denn nur im Frühjahr?"

Die beiden Freundinnen sehen sich an und lachen, dann sprudelt es wie aus einem Mund heraus: „Ostereier!“

„Verflixt und dreimal zugenäht“, antwortet Misto überrascht. „Ihr seid wirklich nicht dumm! Aber ich darf euch noch eine dritte Frage stellen. Bis zu drei Fragen sind erlaubt.“

Lena stöhnt. „Ist das auch wirklich wahr? Willst du uns auch nicht auf den Arm nehmen?“

„Dazu seid ihr mir viel zu schwer“, findet der große Kobold. „Und es ist wahr! Bis zu drei Fragen sind erlaubt, bevor ich euch den Eintritt in diese Höhle erlaube.“

„Wer hat denn das bestimmt?“ möchte Laura wissen.

„Das ist schon viele Jahre her. Festgesetzt haben es damals in dieser Art Galina und Novo, als sie noch nicht zerstritten waren“, teilt ihnen Misto mit und sieht die beiden Frauen genervt an.

„Was haben die denn mit der Höhle zu tun?“ erkundigt sich Lena.

„Sie gehört ihnen und wurde schon vor ewigen Zeiten an mich verpachtet, damit ich hier die Schätze verwalte. Aber ich war fleißig und habe mir selbst viele Edelsteinschätze erarbeitet und zusammengetragen. Da wurde ich auch sehr reich und bin auf die Edelsteine meines ehemaligen Freundes Rauputz nicht angewiesen.“

„Dann stell uns bitte diese dritte Frage!“ wünscht sich Laura. „Wir möchten gern unseren Auftrag erledigen, damit dieses schöne Tal Ruhe und Frieden findet.“

Der große Kobold grinst listig. „Das ist wieder eine Frage aus alter Zeit, aber diesmal geht es nicht um Menschen, sondern um Mythen und Sagen, um Feen und Elfen.“

„Wir sind bereit", gibt ihm Lena zu verstehen.

„Wozu benutzte die Schlüsseljungfrau die Blume Himmelschlüssel? Wenn ihr mir das sagen könnt, dann lasse ich euch eintreten, und ihr könnt euch das Dokument holen!"

Die beiden jungen Frauen sehen sich an und seufzen. Von einer Schlüsseljungfrau haben sie noch nie etwas gehört. Jetzt ist guter Rat teuer.

*

Kapitel 17

Misto triumphiert und sieht die beiden Freundinnen schadenfroh an. „Also, ich denke, ihr werdet auch nach langem Überlegen keine Antwort darauf wissen. Am besten geht ihr jetzt wieder nach Hause!"

Lena und Laura wechseln verzweifelte Blicke und überlegen, wer diese Schlüsseljungfrau gewesen sein könnte, aber sie kommen zu keinem Ergebnis.

In diesem Augenblick macht sich eine dunkle Stimme hinter den beiden Frauen bemerkbar, und sie erkennen Rauputz, der sich neben sie stellt. „Das ist jetzt bereits schon die dritte Frage, mein lieber Freund", wendet er sich an Misto. „Das ist nicht fair, denn diese beiden Menschenwesen wollen diesem Tal helfen, wieder in eine Normalität zu finden. Da solltest du ihnen dankbar sein und sie in deiner Höhle mit Met und Früchten bewirten!"

„Was willst du denn hier?!" ruft der einäugige Kobold böse aus und sieht den neuen Besucher strafend an.

„Zuerst einmal werde ich die Frage beantworten, die du den beiden Fremden gestellt hast. Die Schlüsseljungfrau war eine Feenkönigin, die auf ihrem Kopf einen goldenen Schlüssel trug. Zu der damaligen Zeit vertrugen sich noch alle Berggeister und auch viele Menschen in den Tälern. Weil sich alle gegenseitig halfen, verlieh die Schlüsseljungfrau den wunderschönen Blumen mit dem Namen „Himmelschlüssel" eine besondere Zauberkraft. Seitdem kann man mit diesen hilfreichen Blüten auch Schätze ausfindig machen, die verborgen oder verloren gegangen sind. So erzählt man es sich jedenfalls in Österreich, in dem Land, in dem diese besondere Blume immer noch sehr geschätzt wird."

Misto starrt auf seinen ehemaligen Freund. „Was sagst du da, du siebenfacher Neunmalklug?! Das sagst du mir?! Du weißt das, und hast bis jetzt noch nicht mit den Schlüsselblumen nach deinem verlorenen Schatz gesucht?! Was bist du doch für ein Dummkopf!"

Rauputz nickt. „Ja, da gebe ich dir völlig recht. Aber nicht, weil ich vergessen habe mit der Schlüsselblume nach meinem verlorenen Schatz zu suchen, sondern weil ich dich, meinen besten Freund verdächtigt habe, den Schatz gestohlen zu haben."

„Das wird aber auch Zeit, dass du das zugibst", findet Misto, und seine Stimme klingt etwas freundlicher. „Warum bist du hierhergekommen?"

„Ich bin hierhergekommen, um dich, meinen besten Freund, um Entschuldigung zu bitten, denn das, was ich getan habe, ist wirklich unverzeihlich. Es tut mir sehr leid, und ich möchte, dass du mir Gelegenheit gibst, meinen Fehler wieder gut zu machen."

„Und du glaubst, das geht so einfach?" antwortet Misto mit einer Gegenfrage.

„Das glaube ich nicht", erwidert der Drache. „Aber unsere Freundschaft ist mir sehr viel wert, und ich habe sehr darunter gelitten, dass ich unsere Freundschaft so aufs Spiel gesetzt habe. Deswegen bitte ich dich auch ernsthaft um Verzeihung und um die Gelegenheit, mit der Zeit alles wieder gutmachen zu können. Gibst du mir noch einmal eine Chance?"

Der einäugige Kobold überlegt. „Vielleicht sollte ich dir Bewährung geben. Ich weiß nicht so recht."

Lena mischt sich ein. „Danke für deine Hilfe, Rauputz! Du hast uns gerade geholfen, und ich möchte jetzt auch noch etwas zu Misto sagen, und das betrifft eure Streitigkeit. Darf ich das?"

Der Drache freut sich. „Mir ist alles recht, was dazu führen kann, wieder der Freund des großen Koboldes zu werden. Wenn du etwas zu sagen hast, dann tu es!"

„Die junge Frau wendet sich an Misto. „Du bist ein sehr reicher Kobold, das hast du uns vorhin selbst erzählt. Rauputz ist dagegen sehr arm und befand sich in einem Schock, als er plötzlich gar nichts mehr hatte, weil ihm sein Schatz geraubt wurde. Ich glaube, dass er in einem solchen Zustand einfach nicht mehr klar denken konnte. Sicher hatte er Existenzängste und fand es ganz schlimm, dass man ihm das Wenige, dass er besaß, auch noch geraubt hatte. Dadurch verlor er das Vertrauen zu allen Wesen, leider auch zu seinem besten Freund. Er war ganz außer sich, ein anderer. Nun ist er aber wieder ganz bei sich und weiß und fühlt, dass er dir Unrecht getan hat. Er ist jetzt wieder der alte Rauputz, so wie du ihn früher gekannt hast. Und er ist jetzt wieder so wie immer, dein alter Freund. Dieser Zustand, in dem er war, sieh ihn einfach als eine Art Krankheit an, die er jetzt überstanden hat! Wenn dir dein Freund noch etwas bedeutet, wenn er dir je etwas bedeutet hat, dann gib ihm die Chance, seine Fehler wieder gut zu machen!"

Misto stöhnt. „Das war ja eine schrecklich lange Rede, und sie hat mich sehr gelangweilt. Du bist dir wahrscheinlich mächtig schlau vorgekommen und hast gemeint, mir gute Ratschläge geben zu müssen. Aber so schlau wie du, bin ich schon lange. Natürlich ist und bleibt der Drache mein Freund, und das weiß er auch ganz genau. Aber nachdem, was er getan hat, muss ich ihm ja nicht gleich um den Hals fallen. Und jetzt kommt alle mit rein in die Höhle, denn ihr habt ja schon einen trockenen Hals vom vielen quatschen. Ich habe da drin noch einige gute Fruchtsäfte, mit denen wir uns alle ein wenig stärken können.“ Mit diesen Worten lädt er seine Besucher in die große Höhle ein.

*

Kapitel 18

Nachdem Misto seine Gäste mit Met und Früchten beköstigt hat, beginnen die beiden Freunde eine ausschweifende Unterhaltung über ihre vergangenen, gemeinsamen Abenteuer und beratschlagen ausführlich, wie und wo sie den verlorenen Schatz des Drachens mit Hilfe der Schlüsselblume ausfindig machen können.

Eine ganze Weile lang bleiben die beiden jungen Frauen ruhig dabei sitzen, weil sie die gute Stimmung nicht stören wollen, aber nach einer guten Stunde werden sie langsam ungeduldig.

Als die beiden Freunde gerade wieder den Becher heben und sich zuprosten, nutzt Lena die Gelegenheit dieser kleinen Pause und meldet sich zu Wort. „Wir möchten euch jetzt nicht weiter stören und möglichst bald weitergehen. Dürfen wir jetzt Abschied nehmen?"

Misto steht von seinem Stuhl auf. „Ach, ich habe euch ja ganz vergessen. Dann solltet ihr schleunigst weiterwandern. Und dazu wünsche ich euch auf dem weiteren Weg viel Glück!"

„Gibst du uns bitte auch den Brief für Zara?!" erinnert ihn Laura.

„Den könnt ihr haben", antwortet er freundlich, und die beiden Freundinnen erkennen, dass ihn der Genuss des Mets und der Besuch seines Freundes verändert haben. „Aber denkt auch daran, dass ihr den Briefumschlag noch geschlossen halten müsst, bis ihr bei der Kaiserin angekommen seid! Das Losungswort darf auch erst ausgesprochen werden, wenn Zara mit dem Konzept voll und ganz zufrieden ist und schwört, dass dieser Plan durchgesetzt werden wird."

Misto holt den Umschlag aus der Schatztruhe und überreicht ihn der jungen Frau. „Nicht vergessen! Sie muss erst mit allem einverstanden sein.“

„Wir werden darauf achten“, verspricht die junge Frau.

„Wie lautet denn überhaupt das Konzept?“ möchte der einäugige Kobold wissen.

„Wir würden euch das Schriftstück gern zeigen, aber wir müssen das fertige Konzept erst noch bei der Königin Galina abholen. Wir haben es dort ausgearbeitet, aber sicher wird es die Königliche Hoheit erst noch verändern und dann unterschreiben wollen. Wir haben den fertigen Text also selbst noch nicht gelesen.“

„Nun ja, dann wird es also bald ernst werden“, sagt Misto seufzend, „wir müssen uns schon noch ein bisschen vorbereiten, Rauputz und ich“, erklärt er. „Es könnte ja auch sein, dass uns die kaiserliche Hoheit aus dem Tal vertreiben wird, weil wir sie verzaubert haben. Möglicherweise müssen wir aus dem Land fliehen.“

„Seid ihr denn Feinde der Kaiserin?“ erkundigt sich Laura.

„Ganz bestimmt nicht, sie ist eine kluge und liebenswerte Frau. Aber sie wird uns sicher jetzt als ihre Feinde betrachten. Schließlich haben wir sie dort oben hin in die Gipfelregion verbannt. Nur einmal im Monat bei Vollmond konnte sie sich mit ihrem Liebsten treffen, darunter wird sie auch sehr gelitten haben. Sie hat also auch allen Grund, uns böse zu sein.“

„Warum habt ihr sie denn dann überhaupt verzaubert?“ möchte Lena wissen.

„Die Menschen haben uns gesagt, sie würden alle vor Hunger sterben, wenn keine Touristen mehr ins Tal kommen. Zara hat ja keinen Fremden mehr hier geduldet und ständig Hindernisse aufgebaut. Daraufhin haben wir natürlich den Menschen geholfen, die hier vom Tourismus leben."

„Eine verzwickte Situation", findet Laura. „Sie hat nicht richtig gehandelt, ihr aber auch nicht. Da wird es wohl noch einige Gespräche und Verhandlungen zwischen euch geben müssen. Wenn ihr euch inzwischen Gedanken macht und einseht, dass ihr nicht richtig gehandelt habt, dann wird euch die Kaiserin vielleicht auch verzeihen, da sie selbst auch auf ein Verzeihen angewiesen ist."

„Gemeinsam werden wir vielleicht eine Lösung finden", hofft Rauputz. „Ein bisschen Zeit haben wir ja noch. Aber ihr müsst euch beeilen, wenn ihr noch vor der Dunkelheit zum Sommerlager der Königin kommen wollt."

„Zuerst wandern wir zum Sommerlager des Königs", verrät Laura. „Dort soll sich die Königin nämlich momentan aufhalten. Und jetzt wünschen wir euch noch ein gemütliches Beisammensein!"

„Das werden wir haben", antwortet Misto fröhlich. „Ich habe mich lange nicht mehr so gut gefühlt."

Die beiden Freundinnen verabschieden sich erst von dem Kobold und anschließend auch von Rauputz und verlassen gut gelaunt die Höhle.

„Wir liegen noch in der Zeit", findet Lena. „Ursprünglich hatten wir vor, erst einmal zu Galina zu gehen, um die Antworten auf Mistos Fragen zu erhalten. Das haben wir uns nun glücklicherweise durch den Besuch bei der Spinne erspart, und können nun geradewegs weiter nach oben zum Tannenwäldchen wandern."

Laura schmunzelt. „Es ist eben für mancherlei Dinge gut, wenn man sich nicht mehr vor Spinnen fürchtet."

„Dabei sind sie genauso schön wie die Libellen und kleinen Elfen", ertönt eine helle Stimme neben ihnen.

Die Freundinnen wenden ihren Kopf zur Seite und entdecken Lorena, die fröhlich neben ihnen fliegt. „Ihr habt schon viel erreicht", lobt sie die beiden Frauen. „Und falls ihr die Königin sucht, so kann ich euch mitteilen, dass sie immer noch neben Novo sitzt und sich mit ihm unterhält."

Lena hebt die Augenbrauen und sieht die kleine Elfe verwundert an. „Das kann ich nicht glauben, so viele Stunden Tag und Nacht, das kann doch kein Mensch aushalten."

Das winzige Zauberwesen kichert. „Es handelt sich auch nicht um Menschen. Novo und Galina sind Berggeister und verfügen über andere Kräfte als ihr. Tatsächlich aber reden sie über Gott und die Welt und kommen sich dabei näher. Es ist mir schon klar, dass ihr menschlichen Wesen damit einige Probleme habt. Gerade euren männlichen Spezies sagt man nach, dass die meisten von ihnen keine Künstler in der Paarkommunikation sind."

Laura lächelt und betrachtet Lorena. „Du bist sehr gut informiert", findet sie. „Auf jeden Fall finde ich es sehr nett, dass du uns immer wieder mit Informationen versorgt. Wie du weißt, benötigen wir von der Königin das unterschriebene Konzept. Aber nach deinen Worten zu urteilen, ist sie jetzt momentan gar nicht bereit, uns zu empfangen, oder?"

„Das fürchte ich auch", antwortet Lorena. „Ich denke, da müssen wir uns etwas ausdenken."

„Meinst du vielleicht, es könnte auch ausreichen, wenn die Ministerin das Schriftstück mit ihrer Unterschrift abgesegnet?" erkundigt sich Lena.

„Das kann ich mir nicht vorstellen“, glaubt die kleine Elfe. „Wenn die Zauberer etwas zaubern, müssen sie immer sehr genau sein. Wenn sie es nicht sind, können große Fehler passieren. Aber genauso exakt muss auch die Entzauberung vor sich gehen.“

Laura hat eine Idee. „Aber möglicherweise ist bei der Verzauberung doch schon ein Fehler passiert. Der Schatz des Drachens ist verschwunden, und möglicherweise geschah dies während des Zaubers. Also könnte doch schon da ein Fehler geschehen sein. Misto und Rauputz haben eben nicht gut aufgepasst. Vielleicht muss man es jetzt bei der Entzauberung auch nicht mehr so genau nehmen.“

Lorena schüttelte den Kopf. „Nein, nein, diese Rechnung geht nicht auf. Wenn diese beiden Zauberer schon einen Fehler gemacht haben, dann kann man ihn nicht durch einen zweiten Fehler wieder in Ordnung bringen. Ich könnte mir sogar vorstellen, dass die Entzauberung schwerer wird als geplant, da die beiden Verantwortlichen in das gesamte Ritual eventuell einen Fehler eingebaut haben."

Lena erschrickt und bleibt stehen. „Du meinst, die Entzauberung könnte schief gehen, selbst wenn wir alle Rituale genauestens einhalten? Glaubst du etwa, es kann passieren, dass die Kaiserin für immer eine Gams bleiben muss?"

„Auszuschließen ist das nicht", argwöhnt die kleine Elfe. „Noch haben wir keine Ahnung, was mit dem Schatz des Drachen wirklich geschehen ist."

„Für mich klingt das nicht logisch", behauptet Laura. „Wenn der Schatz während der Verzauberung verschwunden ist, dann müsste er doch nach der Entzauberung plötzlich wieder da sein. Nur das kann ich mir vorstellen."

„Bestenfalls ja", gibt Lorena zu. „Aber wir wissen nicht, was da falsch gelaufen ist. Und solange wir das nicht wissen, können wir auch nicht sicher sein, dass die Entzauberung nach Plan verläuft."

Lena sieht das kleine Zauberwesen hilflos an. „Aber wer könnte denn da Abhilfe schaffen? Wenn du eine Idee hast, sag sie uns! Wir sind auch bereit, zu Spinnen und Schlangen und allen möglichen Tieren und Ungeheuern zu gehen, vor denen sich die Menschen sonst fürchten. Gerade jetzt, wo wir so kurz vor dem Ziel stehen, darf uns doch nichts mehr in die Quere kommen."

„Im Augenblick fällt mir dazu nichts und niemand ein", gesteht Lorena. „Aber ich denke, wir sollten uns da auch jetzt noch nicht zu viele Gedanken machen. Eins nach dem anderen, das ist immer unser Sprichwort, und daran sollten wir uns halten. Jetzt wollen wir erst einmal die Königin und den König aufsuchen und schauen, ob wir eine Gelegenheit bekommen, ihre Annäherungsversuche zu unterbrechen."

Laura stöhnt. „Solche Abenteuer in den Bergen habe ich mir ganz anders vorgestellt. Ich dachte, da müssten wir vielleicht steile Wände hinaufklettern, wilde Bäche überqueren und große körperliche Anstrengungen in Kauf nehmen. Aber anscheinend handelt es sich hier um ganz andere Dinge: um Streitigkeiten und verletzte Gefühle, um Missverständnisse und mangelnde Kommunikation. Das ist ja wie bei uns Menschen."

Lorena schmunzelt. „Ja, so fängt es überall an. Und gerade diese Anfänge sind äußerst brenzlig, denn aus ihnen können die schlimmen Zerwürfnisse und die großen Kriege werden. Nicht selten ist da auch mangelnde Kommunikation im Spiel."

„Dann versuchen wir es eben wieder wie bisher", schlägt Lena ihren Wegbegleitern vor. „Und vielleicht haben wir auch ein bisschen Glück."

*

Kapitel 19

Ein Wanderfalke kreist über den Köpfen der beiden Freundinnen, als sie das Wäldchen erreichen.

„Sicher passt er darauf auf, dass sich der König und die Königin ungestört unterhalten können", vermutet Lena.

Vor ihnen erscheint eine Feengestalt in einem langen, hellgelben Kleid, über das sie einen weiten, langen Schleier trägt. „Tocco, der Wanderfalke blickt von oben herab, und hier am Eingang des Sommerlagers achte ich darauf, dass kein Unbefugter diesen Wald betritt. Mein Name ist Mirinda, und ich bin eine Cousine der Fee Lamina, die überall in den Alpen bekannt ist.

Die beiden Frauen begrüßen das schöne Zauberwesen und nennen ihren Namen.

„Du bist hier so eine Art Wachposten?" fragt Lena verwundert. „Wir kommen hier in einem wichtigen Auftrag, sicher hast du schon davon gehört. Wir sind also Freunde. Aber was machst du, wenn hier böse oder gefährliche Wesen kommen? Wie kannst du dich und das Sommerlager dann verteidigen?"

Mirinda lächelt nachsichtig. „Müsste ich vielleicht in euren Augen Waffen tragen? Oder sollte ich breite Schultern und muskulöse Arme haben?"

„Bei den Menschen sind viele Wachposten stark und sportlich. Manche tragen auch Waffen. Wie kannst du die starken Feinde abwehren?"

„Siehst du meinen Schleier?" erkundigt sich die Fee und zeigt auf das lange weiße Gebilde.

Die junge Frau nickt. „Ja, wir haben ihn gleich bemerkt, das ist ein wundervolles Kleid mit einem zauberhaften Schleier."

„Im wahrsten Sinne des Wortes", antwortet Mirinda. „Mit diesem schönen Gewebe fange ich die kleinen

Bösewichte, sobald aber ein starker Feind im Anmarsch ist, fällt von den Bäumen ein Vorhang herunter, wie auf einer Bühne. Sowohl mein Schleier als auch diese großen Gardinen sind aus einem klebrigen Material, an dem bleibt man unweigerlich hängen, wie an einem Klettverschluss."

„Das ist sehr praktisch", findet Laura. „Und wie kannst du erkennen, ob jemand gut oder böse ist?"

„Zwischen diesen Räumen befindet sich eine Art Lichtschranke, die hat etliche Sensoren und kann die Besucher auf Herz und Nieren prüfen. Bei starker negativer Energie fallen die Vorhänge von allein herunter."

Lena staunt. „Das ist genial. Ihr seid wirklich große Erfinder, von denen wir viel lernen können. Erlaubst du uns, das Sommerlager zu betreten?"

„Lorena hat euch schon angekündigt", verrät die Fee. „Und wenn ihr leise seid, und erst anfangt zu sprechen, wenn ich euch ein Zeichen gebe, dann dürft ihr auch eintreten.“

Die beiden Frauen versprechen es und dürfen dem Zauberwesen in den kleinen Wald folgen.

„Unterhalten sich die beiden Hoheiten immer noch?“ fragt Laura leise flüsternd.

Mirinda nickt und führt die beiden Frauen nicht an die Lichtung. „Ja, sie haben sich offenbar viel zu erzählen, weil sie sich so lange nicht mehr gesehen, geschweige denn gesprochen haben. Versteckt euch jetzt hier im Gras, damit ihr nicht entdeckt werdet!“ bittet sie die beiden Freundinnen.

Lena und Laura hocken sich hinter eine große Farnpflanze und verharren stillschwigend.

Auf der Wiese sitzt der König auf einem Baumstamm neben der Frau, die er liebt und hört ihr gerade zu, wie sie ihm von den Ereignissen aus ihrem Sommerlager berichtet.

„Der Bernhardiner Biggi hat gerade wieder eine Urlauberin gerettet, die sich verlaufen hatte", berichtet die Königin.

„Er ist ein sehr treues Tier", antwortet Novo und sieht Galina liebevoll an. „Bisher hat er schon vielen Menschen geholfen."

„Vielleicht sollten wir uns einen zweiten anschaffen", schlägt die schöne Frau vor. „Dann wäre Biggi nicht so allein."

„Das ist eine gute Idee", findet der König. „Ich glaube, niemand ist gern allein."

In diesem Moment streift ein vom Wind bewegter, langer Grashalm Lenas Nase, und sie muss laut niesen.

Während der König nur aufhorcht, erschrickt die Königin so heftig, dass sie sich in Novos Arme flüchtet.

Novo hält Galina fest im Arm und erhebt sich mit ihr, um nachzuschauen, woher die Störung kommt.

Mirinda löst sich aus ihrem Versteck und eilt auf das Königspaar zu. „Es tut mir sehr leid, dass wir gestört haben. Ich bin mit Lena und Laura hierhergekommen, damit sie bald ihren Auftrag weiter ausführen können. Eigentlich sollten sie hier ruhig warten, bis sie willkommen sind. Aber leider hat der Wind mit den Grashalmen gespielt und die Nasen unserer Besucherinnen gekitzelt. Es tut uns sehr leid, dass wir derart gestört haben."

Der König hält die Königin immer noch fest und lächelt. „Aber es muss euch überhaupt nicht leidtun. Durch die plötzliche Unterbrechung ist mir meine Liebste in die Arme geflogen, und darauf habe ich schon seit vielen Stunden gewartet. Also muss ich euch sehr dankbar sein."

Galina lächelt ebenfalls und sieht Novo mit leuchtenden Augen an. „Und jetzt lässt du mich wohl gar nicht mehr los, oder?"

„Nie mehr", antwortet er fest und sieht ihr tief in die Augen.

Mirinda kehrt zu den beiden Frauen zurück. „Lassen wir die beiden jetzt allein!" flüstert sie ihnen zu. „Jetzt stören wir hier nur."

Doch Galina ruft sie zurück. „Nein, bleib bitte hier, liebe Freundin! Jetzt haben wir beide so lange aufeinander gewartet, Novo und ich, jetzt kommt es auch auf ein paar Minuten nicht mehr an. Ich habe das Dokument für die beiden freundlichen Frauen bereits in einen Umschlag gesteckt und versiegelt, denn ich bin mit dem Konzept für den Alpen-Führerschein einverstanden."

Die beiden Frauen freuen sich, verlassen ihr Versteck und nähern sich der Königin.

„Dafür sind wir sehr dankbar“, antwortet Lena. „Aber wir möchten dich wirklich jetzt nicht stören, denn wahrscheinlich habt ihr euch noch viel zu erzählen.“

Galina lächelt. „Nein, erzählen werden wir uns jetzt nicht mehr viel. Die Feen - Küsse sind genauso schön wie eure Menschen-Küsse, und darauf habe ich jetzt lange genug gewartet. Aber ich werde sie erst in Ruhe genießen können, wenn ich euch den Brief mit den Dokumenten übergeben habe.“

„Kannst du nicht jemanden damit beauftragen?“ schlägt Laura vor. „Novo wird traurig sein, wenn du ihn schon wieder verlässt.“

Die Königin überlegt einen Moment. „Du hast recht. Ich sollte jetzt bei Novo bleiben, um ihm damit auch zu zeigen, wie wichtig er mir ist.“ Sie wendet sich an Mirinda. „Die beiden Freundinnen können sich schon einmal auf den Weg zur Kaiserin begeben. Inzwischen kannst du den Brief aus meinem Sekretär holen und Lorena beauftragen, den beiden freundlichen Bergsteigerinnen nachzufliegen, um ihnen die Post zu bringen.“

„Das werde ich gern machen“, antwortet die schöne Fee. „Man sollte es in diesen Tagen tun, denn bei Vollmond, da werden Lena und Laura unsere Kaiserin nicht antreffen. Bei diesem Ereignis wird sie sich wie jedes Mal bei Leo in den kleinen Dolomiten aufhalten.“

Galina umarmt die beiden jungen Frauen. „Und euch wünsche ich jetzt ganz viel Glück für euer Vorhaben.“

*

Kapitel 20

„Der Weg kommt mir viel enger und steiler vor als beim letzten Mal", meint Lena. „Hoffentlich haben wir uns nicht verirrt."

„Bestimmt nicht", ist sich Laura sicher. „Ich erkenne die Gegend wieder, auch an verschiedenen Steinen, die eine bestimmte Form haben. Aber hast du schon mal an den Himmel geschaut? Ich glaube, da oben braut sich ein Unwetter zusammen."

„Ja, das stimmt", hören die beiden Frauen eine bekannte helle Stimme, die von oben kommt. Sie erkennen Lorena, die über ihnen fliegt. „Es wird gleich ein starkes Gewitter heranziehen, deswegen führe ich euch erst einmal in die Berghütte am Fuß der Gipfel. Dort seid ihr erst einmal geschützt."

„Wie gut, dass du da bist", freut sich Lena und sieht die kleine Elfe dankbar an. „Man sollte wirklich nicht allein hier oben durch die Gegend wandern. Am besten, man nimmt sich einen Bergführer. Wenn man Glück hat, findet man einen lieben Berggeist, der sich auch um die Wetterverhältnisse kümmert."

Lorena führt die beiden jungen Frauen in eine alte, leerstehende Berghütte. „Hier hat früher einmal ein Ziegenhirt gewohnt", berichtet sie. „Aber das ist schon lange her."

Doch das Inventar der Hütte spricht eine andere Sprache. In einer Ecke liegt viel frisches Heu, zurecht gemacht wie ein Lager. In einer anderen Ecke steht ein großer Trog mit frischem Wasser. An einer Wand auf einem Kleiderbügel hängt an märchenhaft glitzerndes Frauengewand, und auf den Tisch liegt ein langer Holz-Stab, der mit goldenen Sternen und Halbedelsteinen besetzt ist.

„Was hat denn das zu bedeuten?" fragt Laura verwundert.

„Das kann ich jetzt auch nicht deuten“, erwidert Lorena. „Aber der Stab ist mit Sicherheit zum Zaubern fähig.“ Draußen beginnt es zu stürmen und zu regnen. Wenig später folgen taghelle Blitze, gefolgt von heftigen Donnerschlägen, die an den Felswänden ihr Echo finden und sich in den Schluchten austoben.

„Was hat denn das alles jetzt zu bedeuten?“ möchte Lena wissen. „Hier scheint sich jemand zu verstecken. Wer könnte das sein?“

Die kleine Elfe betrachtet das Kleid. „Solche Kleider trägt eigentlich nur die Kaiserin. Aber die vielen Edelsteine, die sich in den Applikationen befinden, die habe ich noch nicht an ihr gesehen. Das ist alles sehr merkwürdig, denn ich bin schon oft an der Hütte vorbeigeflogen, habe aber nie jemanden hinein- oder hinausgehen sehen.“

„Und wann warst du das letzte Mal hier drinnen?“ erkundigte sich Laura.

„Das ist allerdings schon eine ganze Weile her. Weil alles immer so verschlossen aussah, hatte ich keinen Grund, hineinzugehen und nachzuschauen, ob sich irgendetwas verändert hat."

„Wenn das Kleid der Kaiserin gehört, was macht sie dann aber hier, wenn sie sich in der Hütte aufhält. Ist es ihr oben am wilden Rosenbusch zu kalt? Möchte sie vielleicht die Nächte lieber in einer Hütte verbringen?"

„Einer Gams ist es oben in den Bergen nicht kalt", weiß Lorena. „Ihr habt doch bestimmt gesehen, wie dick ihr Fell ist. Außerdem hat sie in dem kleinen Wald aus wilden Rosen eine kleine Höhle mit einer Tür und einem gemütlichen Vorbau, durch den kein Wind hinein dringt. Oben ist sie umgeben von den blühenden Rosen, die sie so liebt, und die so wunderbar duften. Hier gibt es nur Steine und ein paar Dornbüsche, es ist unwegsam und ungemütlich in dieser rauen Ecke."

Und was ist das für ein Zauberstab?" fragt Lena und sieht ihn genauer an.

„Den kenne ich auch nicht", antwortet die kleine Elfe. „Ich habe ihn auch noch nicht bei Zara gesehen. Als sie noch eine Kaiserin war, konnte sie ohne Zauberstab ihre magischen Kräfte ausüben. Das kann eine Gams natürlich nicht. Jetzt kann sie nur so viel zaubern, dass sie sich gegen alles Unheil, alle Krankheiten und alle Gefahren schützen kann. Mehr ist ihr momentan nicht gegeben."

„Dann verstehe ich die ganze Sache noch weniger", findet Laura. „Dann lebt hier vielleicht doch noch eine andere Frau, von der wir noch gar nichts wissen."

„Das ist sehr gut möglich", stimmt ihr Lorena zu. „Aber es wird schwierig sein, das herauszufinden. Wer weiß, wann diese Person wieder hierhin kommt. Für uns ist es jedoch erst einmal wichtig, dass wir einen Unterschlupf gefunden haben und trocken bleiben, während draußen dieses Unwetter wütet."

„Kann es sein, dass uns das Unwetter irgendjemand geschickt hat, der uns behindern möchte?" erkundigt sich Lena.

„Nein, die Berggeister hier sind nicht imstande, das Wetter zu beeinflussen. Ich denke, dafür seid ihr Menschen verantwortlich. Nicht jetzt gerade für dieses Unwetter, aber für viele andere Wetterphänomene, die mit den Schädigungen der Natur zu tun haben."

„Ja, ich glaube, die Menschheit muss noch viel erkennen und viel ändern, wenn sich einige Dinge bessern sollen. Jetzt wünsche ich mir erst einmal, dass die Sache mit dem Alpen-Führerschein in Ordnung geht. Glaubst du, dass die Kaiserin damit einverstanden ist?"

„Davon bin ich überzeugt", antwortet die kleine Elfe. „Zara ist klug und weiß, dass jetzt ein Kompromiss gefunden werden muss."

„Wird sie denn nur wieder entzaubert, wenn sie diese Aktion genehmigt?" erkundigt sich Laura.

„Sie muss sich bereit erklären, diesen oder einen ähnlichen Kompromiss einzugehen. Danach wird der Zauberspruch vorgelesen, und sie erhält ihre frühere Gestalt zurück. Aber es waren schon einige Geister bei ihr und haben ihr schon einmal Vorschläge gemacht, wie sie mit den Touristen zurechtkommen könnte. Bisher ist sie aber lieber in der Verzauberung einer Gams geblieben, anstatt sich mit einem faulen Kompromiss zufrieden zu geben, um ihre alte Gestalt wiederzuerlangen. Sie ist eben eine echte Kaiserin und hat auch ihren Stolz."

„Den scheinen hier viele Berggeister zu haben", erinnert sich Lena. „Manchmal ist das von Vorteil und manchmal nicht. König Laurin im Rosengarten hätte bestimmt auch die Möglichkeit, wieder seine eigene Gestalt zurückzuerobern."

„Das wäre den Touristen aber gar nicht recht", vermutet Lorena. „Sie lieben das Abend- und das Morgenrot auf den Gipfeln dieser Bergmassive. Doch vielleicht verirrt sich eines Tages eine mitleidige Seele zu ihm und erlöst ihn."

„Ich denke, man könnte wieder mehr wilde Rosen anpflanzen, dann findet er vielleicht wieder Gefallen an seinem alten Königreich. Eine Frau, die ihn liebt, müsste man doch auch für ihn finden."

„Stell dir das nicht so einfach vor", warnt die Elfe. „Es gibt tatsächlich Menschen und Geister, für die es nur die eine große Liebe im Leben gibt, so wie das hier im Tal bei Elisabeth und Leoardo gewesen ist."

„Und bei Zara und ihrem Leo?" vermutet Lena.

„Ja, die beiden sind auch in einer ewigen Liebe verbunden. Die Liebe, sie ist überall, diese besondere Himmelsmacht, die magische Energie. Sie ist eine überirdische Kraft, und alle Wesen können dadurch unsterblich werden. Das trifft auf die Menschen zu, aber genauso auch auf die Berggeister", sinniert Lorena. „Denn Liebe, Zauber, Magie und die Unendlichkeit sind untrennbar miteinander verbunden."

„Wie schön!" freut sich Laura. „Dann verlieren sich Liebende niemals?"

„Nirgendwo und niemals", antwortet das kleine Zauberwesen fest. „Und jetzt wollen wir uns noch etwas stärken, denn wir müssen weiterwandern. Das Unwetter ist vorbei, die schlechten Energien haben sich verzogen. Und wir wollen die wilden Rosen der Kaiserin doch möglichst bald erreichen."

„Und wo werden wir schlafen, wenn die Nacht kommt?“

„Wenn der Zauber gelingt, dann werdet ihr im Schloss, das dann auch wieder zum Vorschein kommt, ein weiches Plätzchen finden. Aber wenn irgendetwas schief geht, dann werde ich zu Biggi fliegen, damit sie euch ein Zelt für die Nacht vorbeibringt.“

Lena stöhnt. „Das sind ja verlockende Aussichten. Dann haben wir ja noch mehr Gründe, zu hoffen, dass sich jetzt alles so entwickelt, wie wir es uns wünschen.“

*

Kapitel 21

Die kleinen Täler weit unten liegen bereits im Schatten und die Mondsichel segelt den Himmel hinauf, als die Wanderer gemeinsam mit Lorena bei den wilden Rosen ankommen.

Lena blickt nach oben. „Es dauert noch eine Weile, bis der Vollmond sein rundes Gesicht zeigt. Also haben wir noch genügend Zeit, um die Kaiserin hier anzutreffen. Sollten wir heute nicht unseren gewünschten Erfolg haben, dann werden wir uns einen neuen Plan ausdenken und an einem anderen Tag zurückkommen. Was haben wir schon zu verlieren?“

„Leider doch alles“, antwortet Lorena betrübt. „Jedes Wesen hat nur einen einzigen Versuch. Ihr beide gemeinsam habt jetzt nur den heutigen Abend, um euer Glück mit der Entzauberung zu versuchen. Wenn es euch nicht gelingt, dann müssen wir wieder andere

Menschen oder Wesen finden, die genauso zielstrebig und mutig sind, wie ihr es bis jetzt gewesen seid."

Laura erschrickt. „Das hast du wirklich gewusst. Warum hast du uns das nicht gesagt? Wenn wir das gewusst hätten, hätten wir alles noch sorgfältiger vorbereitet."

Die kleine Elfe schüttelt den winzigen Kopf. „Ich durfte euch das nicht sagen, auch das ist bei dieser Entzauberung nicht erlaubt. Aber ich denke, ihr habt alles getan, was in eurer Kraft liegt. Was hättet ihr schon anders machen wollen?"

Lena seufzt. „Das macht mir jetzt doch etwas Angst. Jetzt müssen wir ganz besonders vorsichtig sein."

„Seht ihr?! Genau auch deswegen habe ich euch diese Tatsache verschwiegen. Ich wollte nicht, dass ihr euch Angst macht und dadurch nervös werdet. Das habt ihr Menschen so an sich, dass ihr euch vor wichtigen Aufgaben einfach immer wieder verrückt macht und euch gar nicht alles zutraut, was ihr euch zutrauen könnt. Bisher wart ihr doch so mutig und habt alles angepackt und positiv gesehen. Genauso solltet ihr jetzt auch fortfahren."

Laura sieht das kleine Wesen erwartungsvoll an. „Kannst du uns nicht irgendeinen mutmachenden Trunk geben?"

Lorena schmunzelt und schüttelt erneut den Kopf. „Das macht ihr Menschen wirklich auch gern. Ihr trinkt euch Mut an oder esst irgendeine Süßigkeit, damit ihr euch gestärkt fühlt. Aber in Wirklichkeit habt ihr das gar nicht nötig."

„Was sollen wir denn tun?" erkundigt sich Lena.

„Ihr müsst euch auf eure inneren Kräfte besinnen, auf eure Stärke, vor allen Dingen aber auf eure positiven

Energien. Ihr müsst die positiven Ergebnisse erwarten, darauf hoffen und daran glauben. Und manche Menschen beten dazu auch noch, um dieses Ritual perfekt zu machen. Das bewirkt immer etwas. Manchmal wirkt es nicht so, dass man genau das erreicht, was man erwartet. Aber eine positive Wirkung hat es immer, die früher oder später zum Tragen kommt."

„Dann wollen wir uns jetzt auch einmal sammeln, um wieder zu unseren vollen Kräften und zu unserem Mut zu finden", entscheidet Lena. „Denn ich will der Kaiserin unbedingt helfen. Und ich will diesem Tal helfen, damit sich die Natur beruhigen kann und die Berggeister hier ihren Frieden halten können."

Laura stimmt ihr zu. „Ja, denn wir wissen, wie wichtig das ist, und deswegen wollen wir alles geben."

*

Kapitel 22

Obwohl die beiden Frauen mehrmals den Namen „Zara" aussprechen und einen Blumentopf mit den Himmelschlüsseln vor das Gebüsch legen, dauert es eine ganze Weile, bis die große Gams aus den wilden Rosen erscheint.

„Ihr kommt heute ein bisschen ungelegen", sagt die Kaiserin leise. „Könnt ihr vielleicht in den nächsten Tagen wiederkommen?"

Lorena ergreift das Wort. „Es wäre schön, wenn du dein Vorhaben verschieben könntest, denn die beiden jungen Frauen haben ein von der Königin abgesegnetes Konzept für das Problem mit den Touristen, und sie haben sogar den Brief mit dem Losungswort für dich dabei. Ich kann mir vorstellen, dass deine Entzauberung wichtiger ist als das, was du vorhast."

Die Gams nickt mit dem weißen Kopf. „Das ist natürlich eine andere Sache. Ich habe nicht geahnt, dass ihr so schnell eine Lösung finden könntet. Trotzdem gibt es jetzt noch ein kleines Problem."

„Was ist es denn?" erkundigt sich die kleine Elfe.

„Ich bin mit jemandem verabredet, und möchte ihn nicht warten lassen."

Das fliegende Zauberwesen staunt. „Mit wem bist du verabredet, und wo?"

„Mit meinem Liebsten Leo", antwortet Zara etwas verlegen. „Wir treffen uns in der alten Hütte, in der einst der Ziegen-Hirte wohnte."

Lorena staunt. „Hast du dich dort schon öfter getroffen?"

Die Gams lächelt. „Ich will dir ehrlich darauf antworten. „Seit einiger Zeit treffen wir uns dort jede Nacht, warum fragst du?"

„Als wir zu dir hier hochgestiegen sind, überraschte uns ein starkes Unwetter, aber da wir nicht weit entfernt von dieser Hütte waren, konnten wir dorthin eilen und während des schlechten Wetters Unterschlupf finden. Wir haben dort ein wunderschönes Kleid gesehen und einen Stab, der möglicherweise ein Zauberstab ist."

„Dieses Kleid gehört tatsächlich mir", gesteht Zara. „Und der Zauberstab natürlich auch."

„Verrätst du uns auch, was du damit gemacht hast?" erkundigt sich die kleine Elfe. „Konntest du damit wirklich zaubern?"

„Das werde ich dir gleich erklären, sobald du mir einen kleinen Gefallen getan hast. Leo wartet nämlich in der Hütte auf mich, weil ich ihm versprochen habe, auch heute dorthin zu kommen. Du könntest zu ihm hinfliegen und ihm ausrichten, dass ich wahrscheinlich später komme. Willst du das für mich tun?“

„Natürlich. Diesen Auftrag werde ich sofort übernehmen, und ich werde sehr schnell wieder zurück sein.“

Zara pflückt mit dem Maul eine wilde Rose. „Hier! Nimm diese Blume bitte mit zu Leo und sage ihm einen lieben Gruß von mir!“

Lorena entfernt sich mit der Rose, und die Kaiserin wendet sich an die beiden jungen Frauen. „Ich bewundere euch sehr, dass ihr euren Urlaub damit verbringt, mir und meinem Tal hier zu helfen.“

„Das tun wir sehr gern, denn es ist ein traumhaft schönes Tal“, antwortet ihr Lena und reicht ihr den Umschlag mit dem von Galina abgesegneten Konzept. „Sollen wir dir etwas dazu sagen, oder willst du dir dieses Schriftstück erst einmal durchlesen?“

„Ich sehe schon, ihr habt mir auch die wunderschönen Himmelschlüssel mitgebracht, das ist schon einmal ein erster Erfolg." Sie öffnet den Umschlag „Ich lese mir den Text schon einmal in Ruhe durch, und melde mich dann, falls ich etwas nicht verstanden habe."

Während die Kaiserin liest, betrachten die beiden Freundinnen den Sternenhimmel, der von Minute zu Minute mehr Himmelslichter zeigt.

Gerade als Zara das Konzept fertiggelesen hat, erscheint Lorena und verkündet fröhlich: „Ich konnte Leo nur mit Mühe davon abhalten, mit hierher zu kommen. Doch als ich ihm verriet, dass die Entzauberung gefährdet sein könnte, wenn er hier gegenwärtig ist, da zog er sich eilig in die Hütte zurück und beteuerte mir, er könne gut warten. Er hofft sehr, dass alles gut geht."

„Ja, ich weiß", antwortet die kaiserliche Hoheit in Gams-Gestalt. „Wir lieben uns sehr, und sind dankbar für dieses Himmelsgeschenk."

Die kleine Elfe erinnert sich. „Du wolltest mir noch sagen, was es mit dem Zauberstab auf sich hat?"

„Richtig! Das hatte ich versprochen. Sicher habt ihr es inzwischen auch schon herausbekommen. Als mich der Drache und Misto verzaubert haben, ist etwas schiefgelaufen."

Lena horcht auf „Was ist schiefgelaufen?"

„Ich trug gerade an diesem Tag einen Kranz aus Schlüsselblumen."

„Der hat dir bestimmt geholfen", vermutet Laura.

„Genauso ist es gewesen. Nach der Verwandlung in eine Gams, verwandelten sich die Schlüsselblumen in diesen Zauberstab, mit dem ich am Anfang nichts anzufangen wusste. Ich probierte alles aus, aber es tat sich nichts. Bis ich auf einmal feststellen konnte, dass ich mich damit nachts für eine Stunde in meine ursprüngliche Gestalt zurückverwandeln kann. Das habe ich natürlich sofort meinem Liebsten mitgeteilt, und seitdem ist er jede Nacht zu mir in die einsame Hütte gekommen, um mit mir die eine Stunde nach Mitternacht verbringen zu können. Dort abseits haben wir uns getroffen, damit uns keiner sehen kann, denn dieses Glück hätte man uns mit Sicherheit nicht gegönnt."

„Und was ist mit dem Kleid?" möchte Lorena wissen.

„Es ist das Kleid, dass ich gerade in meinem Schloss anziehen wollte, um mich für meinen Liebsten schön zu machen, an dem Tag, kurz bevor ich verzaubert wurde. Aber nach dem Zauber war mein Gewand schöner als je zuvor, und es ist voller Gold und Edelsteine."

Lena überlegt. „Kennst du diesen Schmuck denn, mit dem jetzt das Kleid glänzt und glitzert?“

Zara schüttelt den Kopf. „Nein, ich denke, nach der Entzauberung wird er sich wieder in einfache Steine verwandeln. Davon gibt es hier oben sehr viele, und vielleicht haben Misto und Rauputz aus Versehen ein bisschen Gestein mitverwandelt.“

„Könnte dieser Schmuck nicht der verlorener Drachenschatz sein?“ überlegt die junge Frau.

„Das werden wir nach der erfolgreichen Entzauberung sehen“, antwortet die Gams. „Entweder haben wir dann da einen wertvollen Schatz liegen oder einen Haufen Steine. Aber jetzt möchte ich mit euch über das Projekt reden. Ich habe mir euer Konzept durchgelesen. Im Prinzip gefällt mir der Vorschlag sehr gut. Aber meint ihr denn, dass die Menschen da mitziehen? Werden sie diesen Alpin-Führerschein auch wirklich machen?"

„Du nennst ihn Alpin-Führerschein? Wir waren nach einigen Überlegungen zu dem Namen Alpen-Führerschein gekommen, aber darüber muss man sich nicht streiten. Die Feinheiten lassen sich bestimmt noch ausfeilen. Ich denke, dass die Menschen sich damit einverstanden erklären müssen, wenn man sie sonst nicht mehr auf die gegebenen Wege lässt."

Zara überlegt. „Vielleicht gefällt den Menschen ein modernes Wort besser. Etwas wie „Alpin-Schein" oder „Berg-Ausweis" oder „Free-Alpin". Aber tatsächlich sollte es an dem Wort nicht scheitern. Die Idee ist gut, denn ich denke, damit werden die Menschen lernen, sich in der Natur richtig zu verhalten. Und auch dabei sollte es so zugehen wie mit dem normalen Führerschein: Wer straffällig wird, erhält negative Punkte, die schlimmstenfalls zum Einzug des Scheins führen können. Ich schwöre also, dass ich mit diesem Konzept einverstanden bin."

Laura nickt. „So hatten wir uns das vorgestellt."

„Dann wollen wir weitermachen", schlägt Lorena vor. „Seid ihr alle bereit für die Entzauberung?"

„Ich werde mich hier auf die Wiese legen", schlägt die Gams vor. „Ihr müsst jetzt das zweite Dokument öffnen und den Spruch vorlesen, der auf dem Papier steht. Es hat mit dem Zauber der Schlüsselblumen zu tun. Lena und Laura, pflückt jetzt bitte jeder einen Stängel von der Pflanze aus dem Blumentopf. Dann stellt euch vor mich hin und sprecht gemeinsam den Satz, der sich auf dem Briefbogen befindet. Ich hoffe, es ist kein schlechtes Omen, dass bei der Verzauberung auch einiges schiefgelaufen ist."

Lorena lässt sich auf einer wilden Rose nieder und schaut zu, wie die beiden jungen Frauen eine Schlüsselblume abpflücken und den Brief öffnen. „Das wollen wir nicht hoffen."

Die beiden Freundinnen lesen sich den Text kurz durch, stellen sich dann, feierlich gestimmt vor die Gams und lesen den Losungssatz vor. „Mit der Schlüsselblume kann man Wunder vollbringen. Wer sie besitzt, erhält besondere Kräfte und kann zaubern, denn mit einem Himmelschlüssel hat man Zugang zu anderen Welten und zum Himmel. Der Wunsch, den du gewünscht hast, erfülle sich jetzt mit der Hilfe der himmlischen Mächte!"

Stumm und wie gebannt stehen die beiden jungen Frauen da, und warten darauf, dass etwas geschieht.

Aber es geschieht nichts, nichts bewegt sich, und die Gams liegt nach wie vor in ihrem dicken Fell auf dem Boden.

Nachdem alle Anwesenden eine ganze Weile stumm gewartet haben, ergreift Lorena das Wort. „Wir müssen etwas tun, und zwar ganz schnell, denn wenn die Sonne morgen wieder heraufzieht und der Tag beginnt, ist die Zeit verstrichen, in der wir die Kaiserin wieder zurückverzaubern können. Ihr könnt danach nichts mehr machen, und wir sind auf andere Menschenkinder angewiesen, die genauso hilfreich sind, wie ihr. Aber da habe ich wenig Hoffnung, denn es gibt nicht viele.“

Die beiden Freundinnen erschrecken und beginnen, ernsthaft nachzudenken.

„Wir müssen alle Berggeister, die in diesem Tal leben, alarmieren und hierherholen“, überlegte Lena. „Auch Misto und Rauputz sollten versuchen, an der Entzauberung teilzunehmen.“

Laura wendet sich an die kleine Elfe. „Du bist doch sehr schnell, kannst du nicht zu allen hinfliegen, damit sie hierherkommen?“

Lorena seufzt. „Etwas anderes wird uns jetzt also nicht übrigbleiben. Aber bitte, rührt ihr euch nicht vom Fleck! Denn ihr habt mit dem Zauber begonnen, ihr seid jetzt mit eingewoben und solltet euch möglichst nicht wegbewegen.“

Die beiden Frauen versprechen dem kleinen Zauberwesen, sich still zu verhalten und beobachten, wie die kleine Elfe aus ihrem Sichtkreis verschwindet.

*

Kapitel 23

Die ersten Besucher, die das Rosengelände der hohen Herrin erreichen, sind die Königin Galina und der König Novo. Hand in Hand treten sie vor die Gams, die still daliegt und ergeben abwartet.

„Wie schön, dass ihr gekommen seid", beginnt Lena. „Unsere menschliche Stimme hat offenbar nicht ausgereicht, den Zauber auszulösen. Ihr beide habt doch auch gewisse Zauberkräfte. Könnt ihr es vielleicht auch einmal versuchen?"

In weiser Voraussicht hat das Königspaar Schlüsselblumen mitgebracht. Ehrfürchtig treten sie vor die Kaiserin hin und lesen den Satz laut und inbrünstig vor, der die Entzauberung auslösen soll.

Doch auch nachdem die beiden Regenten das Sprüchlein aufgesagt haben, rührt sich nichts. Traurig liegt die Gams im Gras und wartet demütig auf das, was da geschehen soll.

Kurze Zeit später erscheinen Misto und Rauputz, friedlich nebeneinanderher spazierend und sehen die Anwesenden verlegen an.

„Was ist passiert?" fragt der Drache.

„Die Entzauberung ist nicht gelungen. Obwohl die Kaiserin mit dem Dokument des Konzeptes einverstanden ist, wir die Schlüsselblumen gehalten und den Losungssatz ausgesprochen haben, tat sich nichts, und Zara liegt immer noch als Tiergestalt auf der Wiese."

„Das kann ich nicht verstehen. Ihr habt doch alles richtig gemacht, eigentlich hätte auch alles funktionieren müssen."

„Dann müssen wir es eben auch noch einmal versuchen", entscheidet Misto, pflückt zwei Schlüsselblumen, von denen er eine seinen Freund Rauputz überreicht und nimmt dann, friedlich neben dem Drachen stehend, eine feierliche Position ein.

Gemeinsam sprechen sie auch die Losungs-Worte und warten gespannt ab, ob etwas geschieht. Aber erneut tut sich nichts, immer noch erwartet die Kaiserin ihre Erlösung.

Als nächstes erscheint eine ganze Gruppe von Besuchern, darunter sind der Hund Biggi, die Kobolde Hohlzahn und Fledermausohr, Ginster, die himmelblaue Kröte Miranda und Sonnenkraut, die Fee Lamina und die Spinne Tausendschönchen.

Zunächst einmal versucht es jeder von ihnen einzeln, mit dem Zauberspruch etwas in Bewegung zu bringen, danach versammeln sie sich in einer Gruppe und sprechen den Losungsspruch gemeinsam im Chor, doch es tut sich immer noch nichts.

„Ich kann es nicht begreifen, das ist schlimm", klagt Lorena, die gerade herbeigekommen ist. „Wie können wir jetzt Abhilfe schaffen?"

Laura hat eine Idee und wendet sich an den Drachen. „Hast du eigentlich deinen Schatz schon wieder gefunden, vielleicht mithilfe der Himmelschlüssel?"

„Nein, ich habe zwar in meiner Höhle überall gesucht und Misto hat sogar seine Höhle damit untersucht, aber wir haben nichts gefunden. Vielleicht ist er während des Zaubers in einem schwarzen Loch verschwunden."

„Ich habe da eine andere Idee", fährt die junge Frau fort. „Wir haben in der Höhle bei den Ziegen einen Zauberstab gesehen und auch Zaras Kleid, das nach dem Zauber überraschenderweise vollständig mit Gold und Diamanten übersät ist. Kann es sich dabei nicht um deinen Schatz handeln?"

„Davon habe ich ja noch gar nichts gewusst", antwortet Rauputz staunend.

„Natürlich ist das eine Möglichkeit, und es klingt sehr logisch. Sind es denn nicht Zaras Juwelen, die sich auf ihrem Kleid befinden?“

Laura schüttelt den Kopf. „Nein. Die Kaiserin weiß auch nicht, wie dieser Schmuck plötzlich auf ihr Kleid gelangt ist. Sie nahm an, dass die Juwelen durch den Zauber entstanden sind.“

„Wo ist dieses Kleid denn jetzt?“ erkundigt sich der Drache. „Vielleicht sollten wir es holen und in den Zauber mit einbeziehen.“

„Ich werde in die Hütte fliegen“, mischt sich Lorena ein. „Natürlich ist mir dieses Kleid zu schwer, und auch den langen großen Zauberstab kann ich nicht tragen. Aber der Gast, der sich dort befindet, der kann die gewünschten Sachen herbeibringen.“

„Wer ist es denn?“ will Rauputz wissen.

„Es ist Leo von weißer Perle, Zaras Verlobter“, antwortet die kleine Elfe.

„Und was macht er dort?“ fragt Misto streng und runzelt die Stirn.

„Er wartet auf Zaras Entzauberung“, antwortet Lena. „Schließlich lieben sich die beiden und hoffen auf eine gemeinsame, glückliche Zukunft.“

„Ich werde ihn sofort holen“, beschließt Lorena und fliegt davon.

Misto seufzt. „Da haben wir mit unserer Zauberei ganz schön viel Mist gemacht und allerlei angerichtet. Ich glaube, ich werde nie wieder zaubern. Schon gar nicht, wenn mich die Menschen darum bitten.“

„Offensichtlich ist etwas falsch gelaufen, weil die Kaiserin einen Kranz aus Sonnenblumen auf dem Kopf trug. Sie glaubt, dass diese Tatsache ein wenig gegen den Zauber gewirkt hat und die

Stärke der Magie vermindert hat", berichtet Lena.

„Dann sollten wir der Kaiserin auch jetzt einen Schlüsselblumenkranz auf den Kopf legen", schlägt Rauputz vor. „Einen Versuch wäre es wert."

Eilig pflücken die Umstehenden einige Himmelschlüssel, aus denen Lena und Laura einen Kranz binden. Sie legen ihn der Gams auf den Kopf und beginnen mit ihren Ritualen noch einmal von vorn.

Zuerst sprechen Lena und Laura gemeinsam den Spruch, später folgen alle anderen Anwesenden einzeln und zuletzt noch einmal gemeinsam im Chor.

Doch es tut sich immer noch nichts, Zara liegt in ihrer Gams-Gestalt im Gras und ihre Augen blicken betrübt in die Runde.

Endlich naht Leo, der das kostbare Gewand über dem Arm und den Zauberstab in der Hand trägt.

Lorena, die ihn heraufgeführt hat, lässt sich erzählen, was bisher geschehen ist, und die anderen berichten betrübt von ihren verzweifelten, fehlgeschlagenen Versuchen.

Die kleine Elfe hört aufmerksam zu und bittet dann den Fürsten Leo, das Kleid und den Zauberstab zu der Kaiserin ins Gras zu legen. Sorgfältig folgt er ihren Anweisungen und setzt sich danach zu seiner Liebsten.

Erneut bemühen sich erst die beiden jungen Frauen und danach alle anderen Freunde, erst einzeln und dann im gemeinsamen Chor, mit dem Ritual und dem Losungswort, die Gams wieder in ihre schöne kaiserliche Gestalt zurück zu verwandeln.

Doch sie haben auch dieses Mal keinen Erfolg und sehen sich ratlos an.

„Was können wir noch tun?" überlegt Laura laut, und alle anderen überlegen ebenfalls, wie man den Zauber in Gang setzen könnte.

Plötzlich steht Leo auf und unterbreitet den Anwesenden seinen Vorschlag. „Was haltet ihr denn davon, wenn ich versuche, meine Liebste wieder zu entzaubern. Ich werde ganz bestimmt viel Liebe und gute Gedanken und alle Gefühle meines Herzens als Zauber mit hineinlegen, wenn ich den Losungssatz vortrage. Soll ich das nicht einmal versuchen?"

„Das ist bestimmt einen Versuch wert", findet Lena, der König und die Königin stimmen zu, und alle anderen sind auch damit einverstanden.

Leo nimmt daraufhin eine Schlüsselblume in die Hand und liest vom Papier ab: „Mit der Schlüsselblume kann man Wunder vollbringen. Wer sie besitzt, erhält besondere Kräfte und kann zaubern, denn mit einem Himmelschlüssel hat man Zugang zu anderen Welten und zum Himmel. Der Wunsch, den du gewünscht hast, erfülle sich jetzt mit der Hilfe der himmlischen Mächte!"

In diesem Augenblick erscheint am nächtlichen Himmel ein zauberhaftes Spektakel. Ein Funken-Regen von Sternschnuppen fällt über das Firmament, wie ein Vorhang. Aus unzähligen fallenden Lichtern regnet es Funken und Sternchen, die verglühen, sobald sie den Boden berühren.

Als sich das Schauspiel dem Ende neigt, wird es hell, und die Sonne steigt über die Berggipfel. Vor dem Rosengarten steht der Fürst Leo und hält die schöne Kaiserin Zara im Arm, glücklich lächelnd sehen sich die beiden an und besiegeln ihre Gefühle mit einem zärtlichen und doch leidenschaftlichen Kuss.

Die Königin und der König beginnen zu klatschen, und die übrigen Anwesenden spenden ebenfalls freudig Beifall.

Auch Lena und Laura fallen sich in gelöster Stimmung glücklich in die Arme.

*

Kapitel 24

Die Kaiserin löst sich nach einer Weile aus der Umarmung und sieht mit strahlenden Augen in die Runde. „Jetzt wollen wir alle feiern, denn, wie ihr seht, ist hinter den wilden Rosen auch mein Schloss wieder sichtbar geworden. Kommt allesamt mit herein, jetzt wollen wir alle bei einem großen Fest ausgelassen und fröhlich sein und dankbar feiern!"

Im nächsten Moment wendet sie sich an die beiden jungen Frauen. „Ihr seid natürlich auch herzlich eingeladen, denn ihr habt uns sehr geholfen."

„Es tut mir leid, ich freue mich sehr über deine Entzauberung und über die große Freude der Berggeister. Wir beide, Laura und ich, sind sehr glücklich über den guten Ausgang dieser Geschichte. Ich würde aber lieber ein anderes Mal wiederkommen", antwortet Lena entschuldigend. „Ich bin sehr müde und würde lieber ein wenig schlafen, auch wenn ich bis eben noch sehr aufgeregt und aufgewühlt war noch sehr aufgeregt war. Doch jetzt überfällt mich mit der Entspannung der Schlaf.“

„Mir geht es genauso“, teilt Laura der Kaiserin mit. „Es war alles sehr aufregend, aber auch ich kann kaum noch die Augen offenhalten. Deshalb möchte ich mich auch ganz gern entschuldigen und ein bisschen schlafen.“

Zara ist zufrieden. „Das soll so geschehen, wie ihr es wollt. Ihr habt uns geholfen und mehr als nur eine Belohnung verdient. Aber zunächst einmal will ich euch noch einmal danken, auch im Namen aller Berggeister hier. Für meine persönliche Rettung danke ich euch auch von Herzen, und deswegen schicke ich euch jetzt mit meinem Kutscher in meiner persönlichen Kutsche nach Hause. Florian fährt euch jetzt ins Tal, damit ihr morgen in einem vernünftigen Bett aufwachen könnt. Und auf der Fahrt könnt ihr schon mal ein bisschen einnicken."

„Das ist sehr nett ", freut sich Laura. „Mir fallen nämlich schon die Augen zu. Aber eine Frage hätte ich doch noch, sie brennt mir nämlich auf der Seele, und bevor ich die Antwort nicht weiß, werde ich wohl nicht einschlafen können."

Zara sieht die junge Frau freundlich an. „Frag nur! Ich versuche es gern, dir eine Antwort zu geben."

„Was ist jetzt mit dem Schatz? Das Kleid, dass du jetzt trägst, glitzert zwar, doch daran sind jetzt weder Gold noch Diamanten. Handelte es sich bei dem Kleider-Schmuck wirklich um den Schatz des Drachen?"

Die Kaiserin nickt und schmunzelt. „Rauputz und Misto sind doch keine so guten Zauberer wie sie denken. Und es lag sicherlich nicht nur an meinem

Schlüsselblumenkranz, den ich auf dem Kopf trug. Rauputz sollte noch etwas üben! Wahrscheinlich hat das noch kein Zauberer vor ihm geschafft, beim Verzaubern einer fremden Person, seinen eigenen Schatz gleich mit zu verzaubern. Aber vielleicht war das ja auch einmal eine Lehre für die beiden Großmäuler, die sich doch immer sehr allwissend vorgekommen sind. Tatsächlich liegen die ganzen Edelsteine, der gesamte Schatz des Drachens auf der Wiese, dort, wohin Leo mein Kleid gelegt hatte. Meine kleinen Kobolde sind gerade dabei, die Kostbarkeiten einzusammeln und sie für Rauputz in eine entsprechende Schatztruhe zu legen. Es ist also alles wieder in Ordnung."

Laura atmet tief auf. „Das ist gut, und ich bin auch froh, dass sich nun alle wieder vertragen haben, Rauputz und Misto, Hohlzahn und Fledermausohr, jetzt wird es in der Natur hier bestimmt etwas ruhiger werden."

Die Kaiserin schmunzelt. „Der Drache und der Zauberer Misto, ja, sie haben sich wieder versöhnt. Aber Hohlzahn und Fledermausohr, die werden sich wohl nie ändern, denn sie haben sich eben schon wieder gestritten."

Lena staunt. „Das haben wir gar nicht mitbekommen. „Was ist denn passiert?"

„Sie hatten mir beide ein Geschenk mitgebracht, und nun sind sie sich gerade uneinig, welches das schönere ist, obwohl ich ihnen beiden versichert habe, dass mir ihre Mitbringsel gleich gut gefallen. Ich denke, die beiden Kobolde gehören zu den Wesen, denen ein dauerhafter Friede zu langweilig ist."

Die junge Frau seufzt. „Ach, das finde ich aber schlimm. Und ich dachte, jetzt wäre alles in Ordnung bei euch."

Zara lächelt. „Sie sind ja zum Glück keine Kriegsminister. Wenn sie sich gern ein bisschen miteinander streiten, dann muss man ihnen das Vergnügen lassen.“

Sie dreht sich kurz um. „Da kommt sie ja schon, eure Kutsche. Jetzt will ich euch nicht mehr länger aufhalten und wünsche euch eine gute Rückfahrt!“

Die beiden Frauen bedanken sich und wünschen der Kaiserin ein frohes Fest.

Eilig steigen sie in das Gefährt ein und reichen Zara noch einmal die Hand zum Abschied.

„Eine allerletzte Frage habe ich auch noch“, fällt es Lena ein. „Was hat es eigentlich mit diesem Losungswort auf sich. Was bedeutet das, dass man einen Zugang hat zu allen Welten und zum Himmel. Hat das alles mit der Geschichte von Petrus und der Schlüsselblume zu tun?“

„Diese Blume hat wohl in allen Ländern und Gegenden eine ähnliche Bedeutung", vermutet die kaiserliche Hoheit. „Ihr könnt es einmal in den Büchern nachlesen, die ihr zur Verfügung habt. Diese Blume schenkt jedenfalls auch einen Zugang zur Zauberwelt, aber man sagt ihr auch nach, dass Menschen damit ins Paradies kommen können. Auch für Liebende, die getrennt waren, bedeutet es ein Wiedersehen in einer anderen Welt, denn dorthin führt ja Petrus die Menschen, deren irdischer Weg zu Ende ist."

Lena bedankt sich für die Antwort. „Jetzt haben wir dich auch ganz schön lange aufgehalten. Leo erwartet dich bestimmt schon sehnsüchtig."

Zara lächelt. „Er hat jetzt schon sehr lange auf mich gewartet, genau wie Novo auf Galina. Aber jetzt hat das Warten ein Ende, und die Liebenden sind wieder vereint. Eine solche

Sternstunde wirkt jetzt auf der ganzen Welt. Dieses Ereignis wird sich an vielen Orten so oder ähnlich wiederholen."

Sie reicht der jungen Frau den Umschlag mit dem Konzept für den Tourismus. „Vielleicht geht ihr damit schon einmal zu dem zuständigen Tourismus-Minister in der nächsten großen Stadt. Er heißt Torino und sollte sich schon einmal damit beschäftigen."

Die junge Frau steckt den Brief ein. „Das machen wir gern", verspricht sie der Kaiserin. „Halt! Hier ist noch der Schlüssel", erinnert sich Laura, streift die Binsenkette über den Kopf und reicht sie mit dem Schlüssel der kaiserlichen Hoheit. „Unten in der Stadt werden wir ihn nicht brauchen."

Auch Lena zieht die Binsenkette aus und übergibt sie an Zara. „Tausend Dank, dass wir euer wunderschönes, magisches Land betreten durften! Wir haben viel erlebt und viel gelernt."

Ein kleiner Kometenschauer löst sich vom Himmel und regnet leuchtend auf die Erde.

In diesem Moment setzt sich die Kutsche in Bewegung, und die Pferde setzen zu einem rasanten Galopp an.

„Jetzt wird die Fahrt wie im Flug vergehen", prophezeit Lena.

Im nächsten Augenblick sind beide Frauen eingeschlafen und verpassen etwas später den zauberhaften Sonnenaufgang im Mühlwalder Tal.

*

Kapitel 25

Als die beiden jungen Frauen am anderen Morgen in ihren Hotelbetten erwachen, sind sie sich nicht ganz sicher, ob sie die ganze Geschichte nur geträumt haben.

„Nein, das ist nicht möglich", entscheidet Lena. „Dann hätten wir ja beide den gleichen Traum gehabt."

„Und außerdem liegt der Brief dort drüben auf dem Tisch. Und in dem Brief liegt auch eine Petition für den Tourismusminister Torino, den wir am besten gleich heute aufsuchen werden."

Die Freundin nickt. „Wir wollen keine Zeit verlieren. Es ist wichtig, dass sich am Verhalten der Touristen etwas ändert."

Sie öffnet das Fenster weit und lässt die frische Bergluft herein. „Schau dir nur dieses malerische Panorama an, wie unberührt die Berge von weitem aussehen! Es ist wichtig, dass sich mehr Menschen darüber Gedanken machen, wie man die Bergwelt schützt, mit allen Steinen, Pflanzen und Tieren."

„Und mit allen Berggeistern", fügt Laura schmunzelnd hinzu. „Und jetzt brauche ich erst einmal eine ausgiebige Dusche, obwohl sie mir in den letzten Tagen bei dem klaren Bergwasser gar nicht gefehlt hat."

Lena droht ihr mit dem Finger. „Es war aber auch zu kalt für kräftige Duschen. Dazu ist mir wahrhaftig dieses schöne warme Wasser hier lieber."

Nachdem sich die beiden Freundinnen ausgiebig geduscht, angekleidet und zurecht gemacht haben, nehmen sie ein schmackhaftes Frühstück am Buffet ein.

„Das Früchtebrot von Marisa fehlt mir jetzt schon", bemerkt Laura. „Wollen wir sie nachher einmal besuchen und ihr alles erzählen? Schließlich hat sie uns auch viel geholfen und auf einige Ideen gebracht.

Lena stimmt ihrer Freundin zu. „Ja, sie interessiert sich bestimmt auch für unsere Abenteuer. Zuerst fahren wir in die Stadt und klären die Sache mit dem Tourismusminister. Wenn wir fertig sind, kaufen wir etwas Kuchen und besuchen die nette alte Frau."

Zwei Stunden später sitzen die beiden jungen Frauen im Vorzimmer des Ministers. Die freundliche Sekretärin macht ihnen Mut. „Sie haben da wirklich eine gute Sache vor. So etwas ist wirklich nötig, und ich denke, viele Menschen werden von der Idee eines Alpen-Führerscheins begeistert sein. Und die Menschen, die zu bequem sind, für eine solche Prüfung zu lernen und keinen Mut haben, sich einer Prüfung zu unterziehen, die habe auch kein Anrecht darauf, unsere schönen Berge zu besuchen.

Doch der Minister ist anderer Ansicht. „Das hört sich ja alles ganz nett und ganz schön an, aber wie will man das verwirklichen?“

„Nun, es gibt ja auch Fahrlehrer“, erinnert ihn Lena, „und es gibt Fahrschulen. Ganz abgesehen davon wird es auch sicher viele Freiwillige geben, die bei einem solchen Projekt gern mitmachen wollen.“

„Ich glaube nicht, dass die Touristikbranche damit einverstanden ist“, vermutet Torino. „Die Hoteliers und Hüttenbesitzer könnten dabei Einbußen befürchten, denn so ein Führerschein wird doch einige Menschen abschrecken, mal schnell in die Berge zu gehen.“

„Die mal schnell ein Spaziergang in die Berge machen, die werden wohl auch kaum in einer Berghütte, in einem Rifugio übernachten. Das sind eher die ernsthaften Wander-Touristen, und die fürchten sich auch nicht vor einer Prüfung.“

„Aber die sind es ja auch nicht, die die Berge missachten, misshandeln und verschmutzen“, meint er. „Es sind eben gerade die, die mal eben gerade alles gesehen haben müssen, die Neugier-Touristen, denen es auch egal ist, wie alles aussieht, wenn sie die Gegend verlassen haben.“

„Man muss das Für und das Wider gegeneinander abwägen“, schlägt ihm Laura vor. „Ich denke, die Menschen müssen für die Berge und ihre Probleme sensibilisiert werden. Das kann man durch das Lehrmaterial eines solchen Führerscheins, man muss es nur geschickt aufmachen, damit die Menschen auch davon berührt werden.“

„Ich werde euren Vorschlag auf jeden Fall einmal mit meinen Kollegen besprechen“, gibt Torino nach. „Aber versprecht euch nicht zu viel davon!“

„Was halten Sie denn von einer Unterschriftensammlung?“ erkundigt sich Lena.

„Für so etwas habe ich keine Zeit. Wenn ihr das für notwendig haltet, dann müsst ihr so etwas initiieren. In der heutigen Zeit gibt es ja genug Möglichkeiten, die Mitmenschen über das Internet zu erreichen. Aber auf meine Hilfe müsst ihr verzichten, ich muss mich größeren Projekten zuwenden.“

Laura sieht ihn mit großen Augen an. „Nach noch größeren Projekten, als es die Berge sind, die Alpen?! Was gibt es denn da noch größeres?“

Torino sieht die junge Frau ärgerlich an. „Ich meine damit, bedeutendere Projekte, und ich bin dafür zuständig, dass der Tourismus hier reibungslos floriert. Wir sind für jeden Gast dankbar, der hier in diese Gegend kommt.“

„Da oben um den Sella-Pass herum, und um die drei Zinnen herum und auch beim Rosengarten, da läuft man auf den großen Wegen ja schon fast wie auf der Kirmes", weiß Lena. „Haben Sie sich schon einmal die Parkplätze dort angeschaut?"

„Das versuchen wir ja schon durch kleine Wege und Lifte zu entzerren und zu entschlacken", rechtfertigt er sich.

„Dann wollen sie uns also nicht helfen, die Natur auf diese Art und Weise zu schützen?!" hakt Laura nach. „Dann müssen wir uns wohl an höhere Stellen wenden."

„Ich habe ja nicht gesagt, dass ich nichts tun werde", entgegnet er einlenkend, „aber ich kann euch auch nichts versprechen. Vielleicht kann man aus eurem Vorschlag irgendetwas Brauchbares entwickeln."

„Da bin ich ganz sicher", nimmt ihn Lena beim Wort. „Wenn Sie etwas tun werden, kann daraus auch etwas werden, denn sie sitzen an der richtigen Stelle. Sie können Vorschläge machen, und ihre Vorschläge werden auch an höherer Stelle gehört. Man kann nämlich mit Sicherheit etwas Brauchbares daraus entwickeln, wenn man sich etwas Mühe gibt. Vielleicht muss man diese Idee noch ausarbeiten und reifen lassen, aber auf jeden Fall ist sie ein Anfang, und es darf eben nichts unversucht bleiben, was der Natur helfen kann."

„Also gut, ich werde sehen, was ich machen kann." Er legt den Brief beiseite. „Habt ihr noch mehr solcher Vorschläge?"

„Nun ja, wo wir schon einmal dabei sind", fährt Lena schmunzelnd fort, „dann könnte man natürlich auch ein paar Geschichten und Bücher über die Berggeister hier veröffentlichen. Einen Teil des eingenommenen Geldes könnte man wiederum in den Naturschutz stecken. Und ich glaube, wenn wir uns hier noch länger unterhalten, dann fällt mir noch ganz viel ein, wodurch wir auch dem Naturschutz finanzielle Hilfe zukommen lassen können.“

Er seufzt. „Ja, das kann ich mir lebhaft vorstellen. Aber jetzt habe ich leider keine Zeit mehr. Eigentlich hätte ich schon längst auf einer Sitzung sein müssen, aber meine freundliche Sekretärin überredete mich, euch zu empfangen und ein paar Worte mit euch zu wechseln. Nun, das habe ich ja jetzt getan.“

„Dafür sind wir Ihnen auch sehr dankbar“, behauptet Lena. „Und wir freuen uns, wenn wir die Verbindung zu Ihnen aufrechterhalten können. So können wir uns immer über die Fortschritte der Projekte informieren.“

„Ich sehe schon, so schnell werde ich euch wohl nicht mehr los. Dann kommt meinetwegen von Zeit zu Zeit wieder einmal vorbei und erkundigt euch, wie alles gelaufen ist!"

„Das werden wir" verspricht Lena. „Und inzwischen sammeln wir fleißig Unterschriften."

Sie verabschieden sich von Torino und im Vorzimmer von der freundlichen Sekretärin.

„Ich werde ihm immer ein bisschen auf den Geist gehen", verspricht die junge Frau. „Ich habe nämlich kleine Kinder, und gerade für die möchte ich diese herrlichen Dolomiten hier gesund erhalten."

„Ja, auch für die Kinder können wir Informationen und Broschüren herausgeben", überlegt Laura. „Schon die Kleinen kann man für die Umwelt sensibilisieren."

Die beiden Frauen verlassen das große Gebäude und fragen sich, ob das wohl ein guter Anfang gewesen ist.

„Meinst du, er wird wirklich etwas unternehmen?“ wendet sich Lena an ihre Freundin.

„Wir werden einfach nicht lockerlassen“, antwortet Laura fröhlich.

„Und von zu Hause aus können wir das auch tun, dafür müssen wir nicht einmal hier wohnen.“

„Aber wir kommen immer wieder zurück“, beschließt die junge Frau. „Das wird sicher hier unsere zweite Heimat werden.“

In einer Bäckerei kaufen Lena und Laura einen frisch gebackenen, feinen Kuchen und fahren mit dem Linienbus wieder zurück in das zauberhafte Alpental nach Mühlwald.

Von der Bushaltestelle aus ist es nicht mehr weit bis zu dem abgelegenen Häuschen, in dem Marisa wohnt.

Die beiden Frauen freuen sich über die bunte Blumenpracht, die den kleinen Hausgarten schmückt und schauen nach, ob sich die ältere Frau bei diesem schönen Wetter draußen beschäftigt.

Doch weder im Vorgarten noch hinter dem Haus bei den Gemüsebeeten können sie die ältere Dame entdecken.

„Dann ist sie bestimmt drinnen und kocht sich einen Tee", vermutet Lena.

Sie klopfen an die Tür, und als ich nichts regt, läuten sie an der großen Glocke.

„Sie ist bestimmt Kräuter sammeln gegangen", überlegt Laura. „Am besten setzen wir uns auf die Gartenbank und warten auf sie."

Die Freundin nickt zustimmend. „Sie kann ja nicht ewig wegbleiben, irgendwann wird sie ja wohl wiederkommen."

Ein älterer Herr spaziert am Haus vorbei und entdeckt die beiden jungen Frauen. „Auf wen wartet ihr denn?" erkundigt er sich freundlich.

„Auf Marisa, unsere neue Freundin", antwortet ihm Lena.

„Dann seid ihr aber an einem falschen Haus", teilt ihnen der Fremde mit. „Hier wohnt keine Marisa."

„Aber wir haben sie doch hier kennengelernt", entgegnet Laura. „Sie hat uns freundlich bewirtet, und uns über die Berggeister und die besondere Bedeutung der Natur hier aufgeklärt."

„Das kann nur Elisabeth gewesen sein", überlegt der Fremde. „Ich bin übrigens

Anton und versorge immer ihre Blumen und ihre schwarze Katze, wenn sie wieder zurück nach Deutschland fährt. Gerade heute Morgen ist sie abgereist, um zu Hause wieder nach dem Rechten zu sehen. Sie pendelt immer hin und her. Ich denke, im nächsten Monat ist sie bestimmt wieder da."

„Aber sie hat uns doch gesagt, dass sie Marisa heißt", wendet Lena ein.

Er schmunzelt. „Marisa, so heißt ihre gute Freundin, die in Venetien wohnt. Die beiden mögen sich sehr gern. Aber Elli hat dieses Haus vor einiger Zeit erworben und kommt immer wieder hierher, denn sie liebt dieses Tal, schon seit vielen Jahrzehnten."

Die junge Frau staunt. „Ist sie zufällig die Elisabeth, die hier in diesem Tal ihren Leonardo kennengelernt hat?"

Anton nickt und lächelt. „Ja, das war ihre große Liebe, und die beiden haben sich ein ganzes Leben lang geliebt.

Wenn sie von hier weg geht, nimmt sie immer ein paar Schlüsselblumen mit nach Hause. Wisst ihr auch, warum?"

Lena nickt. „Ja, das wissen wir. Mit einer Schlüsselblume hat man Zugang zu anderen Welten und zum Himmel. Sicher will sie eines Tages zu Leonardo, um ihn wieder zu treffen, und den Schlüssel nimmt sie mit, um ganz sicher zu sein, dass sie auch wieder zusammenkommen."

„Ja, so erzählt man es sich über diese wunderbare Blume, die auf besondere Art eine Heilpflanze ist. Sie ist in jeder Weise ein Himmelsgeschenk."

Laura schaut in die Berge, betrachtet das idyllische Panorama. „Also hat Marisa-Elli sicher geahnt, dass wir alles herausbekommen, sicher wollte sie uns ihre Geheimnisse erst nach und nach verraten."

„Dann habt ihr also schon mit Elisabeth Freundschaft geschlossen", schließt er aus ihren Worten. „Und sicher hat sie euch vertraut, sonst hätte sie euch nicht so viel erzählt."

„Von ihr haben wir sehr viel erfahren und durch sie einige Abenteuer erlebt", berichtet Laura. „Mit einigen Berggeistern haben wir auch schon Freundschaft geschlossen und sie näher kennenlernen können."

„Dann habt ihr sicher auch schon am Meggima-See gesessen", vermutet er. „Wenn man sich dort aufhält, wird man völlig verzaubert. Man hat Träume, die sich wie die Wirklichkeit anfühlen und man erlebt die Magie dieses Tales."

„Traum und Wirklichkeit, manchmal lassen sie sich nur schwer unterscheiden. Haben Sie vielleicht Appetit auf Kuchen? Wir haben für unsere neue Freundin einen Kuchen gekauft, aber wenn sie jetzt schon abgereist ist, dann müssen wir eben beim nächsten Mal neuen besorgen."

„Wenn ihr mich so nett fragt, dann leiste ich euch gern Gesellschaft", antwortet er und setzt sich zu den beiden jungen Frauen.

„Es ist immer wieder nett, Menschen kennen zu lernen, die freundlich sind, und mit denen man sich unterhalten kann", findet Anton. „Gerade wir alten Menschen fühlen uns einsam und reden gern von unserem Leben. Elisabeth hat euch bestimmt auch viele Geschichten erzählt, denn seit Leonardo nicht mehr auf dieser Welt lebt, freut sie sich immer über nette Gesellschaft."

„Und Sie?" fragt Lena. „Kennen Sie auch ein paar schöne Mythen und Sagen aus diesem Tal?"

Er nickt und schmunzelt. „Natürlich. Wie lange seid ihr denn noch hier in Mühlwald?"

„Ein paar Tage sind wir schon noch hier", berichtet die junge Frau. „Gibt es etwas Besonderes?"

„Dieses Tal ist ein ganz besonderes“, beginnt er, und seine Worte kommen den beiden Freundinnen bekannt vor. „Wie Elisabeth wünsche ich mir, dass es auch in Zukunft so schön bleibt, und die Natur geschützt wird.“

„Dann haben wir schon den ersten Verbündeten“, freut sich Laura. „Wir haben eine ganze Menge vor und können jede Menge Hilfe gebrauchen.“

Anton lächelt. „Da hat Elisabeth schon gute Arbeit geleistet. Und ich, ich habe ganz viel Zeit. Ich bin Rentner, aber einer, der gerne noch weiter arbeitet und sich bei nützlichen Projekten einbringen will. Sagt mir, was ich tun soll, und ich bin mit dabei.“

Die beiden Freundinnen sehen sich zufrieden an. „Dann kann es ja losgehen,“ freut sich Lena. „Wir haben nämlich nicht nur vor, Kontakte durch die Medien zu knüpfen, wir suchen auch jemanden, der sich persönlich um unsere neuen Vorschläge kümmert. Unsere Pläne sind sicherlich noch nicht ausgereift, das liegt unter anderem auch daran, dass wir Touristen sind und nicht mit allen Gegebenheiten dieses schönen Tales vertraut sind. Wir brauchen jemanden, der hier lebt, der weiß, wie alles hier läuft."

„Ich bin hier in diesem Tal geboren", verrät Anton, „da habe ich viele gute und schlechte Zeiten erlebt, besonders in den schrecklichen Kriegen, in denen sich hier Freunde und Nachbarn umgebracht haben. Da will ich auch die Zeit nicht verschweigen, in der es hier nach dem letzten Weltkrieg etliche Tote gab, weil die Tiroler sich gegen ihre italienische Regierung auflehnten. Das ist Gott sei Dank vorbei. Heute können wir uns mit allen Kräften für den Naturschutz engagieren, und in unserem Tal für die Gesunderhaltung der Berge. Und, ihr Lieben, sagen wir doch Du zueinander, gemeinsam können wir dann in der Zukunft eine ganze Menge tun!"

„Genau das wünschen wir uns auch", findet Laura und schenkt Anton ein Lächeln. „Und weil du hier die Ortskenntnisse hast und mit dem Tourismus vertraut bist, ernennen wir dich jetzt zu unserem privaten Tourismus- Minister."

„Es reicht mir schon, wenn ich bei euch als Botschafter engagiert werde", antwortet er schmunzelnd.

„Wenn Elisabeth wieder da ist, wird sie natürlich auch mit eingespannt", überlegt Lena. „Sie kann den Touristen hier den Zugang zu allen Mythen und Sagen verschaffen. Sie kennt sich aus mit der Magie und allem Zauber der Berge."

Anton betrachtet nachdenklich das sonnenbeleuchtete Panorama der Berggipfel: „Elli liebt diese Gegend, das ehrwürdige Gestein, die saftig grünen

Almen mit den Bergblumen und den Düften, die alle Sinne betören. Davon wird sie viel erzählen können. Sie kennt sie auch, die Träume vom Meggima-See. Die Schlüsselblume wird sie sicher nicht vergessen und mit ihrer Magie allen Besuchern dieses Tales den Weg in andere Welten öffnen."

Ende